Anita Kayser

Die Morde im Oesling

**Anita Kayser** wurde in Esch-sur-Alzette, Luxemburg, geboren, wo sie ihr Abitur machte und noch heute lebt. Sie ist verheiratet und hat drei Kinder. Sie liebt Hunde, spielt für ihr Leben gern Bridge und mag Rätsel aller Art. Bislang hat sie zahlreiche Kurzgeschichten und drei Kriminalromane veröffentlicht. *Die Morde im Oesling* ist ihr erster Titel im Programm des KBV.

Anita Kayser

# Die Morde im Oesling

KBV
KRIMI

Originalausgabe

www.kbv-verlag.de
E-Mail: info@kbv-verlag.de
Telefon: 0 65 93 - 99 86 68
Fax: 0 65 93 - 99 87 01
Redaktion, Satz: Volker Maria Neumann, Köln
Druck: Aalexx Buchproduktion GmbH, Großburgwedel
Printed in Germany
ISBN 978-3940077-60-8

Für Christiane,
Michel und Annemarie.

Für Anne, die Brieftaube,
und für Vincent, den Fußballer.

1662

# 1. Kapitel

Es war der kälteste November seit Jahren, und die raue Landschaft mit dem breiten Nebelband im Hintergrund war wie von einer frostklaren, eisigen Kristallkugel umschlossen. Es hatte noch nicht geschneit, aber die überschwemmten Wiesen im Sauertal, an denen sie am Morgen vorbeigekommen waren, waren schon mit Eis überzogen. Nach zwei aufeinander folgenden Missernten, nach Hagel, Sturm und Frost hatte vor einigen Wochen eine weitere Naturkatastrophe für Aufregung gesorgt: Ein heftiges Beben in der Eifel hatte eine alte Kirche zum Einsturz gebracht, und die Leute munkelten, der Teufel habe so lange an ihren Pforten gerüttelt, bis ihm endlich sein schlimmes Werk gelungen sei. Bei der schweigenden Aufzählung all dieser Missstände schüttelte der Kutscher, der mit seinem schlammbespritzten Postwagen seit Stunden stur seine Bahn zog, fast minutenlang den bulligen Kopf. Es klang merkwürdig hohl und dumpf, als die schwere Schnalle seines Gurtes gegen das Wagendach schlug.

Sein einziger Fahrgast, der schweigsame Fremde, den er vor zwei Tagen in einer Grenzstation abgeholt hatte, zerrte den schweren Vorhang zur Seite und beugte sich hinaus. Schadenfroh sah der Kutscher, wie der Mann das fahle Gesicht verzog, als der Wind ihn voll erwischte. Er kicherte auf dem Kutschbock leise vor sich hin. Die Ardennen – eine Gegend für Schwächlinge oder stumpfsinnige Ofenhocker waren sie nicht! Sie waren ... Er unterbrach kurz sein monotones Hin- und Herschaukeln, ignorierte aber starrköpfig den Unmut unter seinem Sitz. Hätte Beelzebub einen verschwiegenen Platz zum Ausbrüten seiner Schandtaten gesucht, er hätte die Ardennen gewählt. Die Ardennen im November! Er kicherte wieder. Für gestandene Männer aber, die, wie der Fuhrmann, schon mal einen kräftigen Schluck vertrugen, waren sie trotz all dieser widrigen Umstände genau richtig. Liebevoll und vorsichtig wie ein in sein Schätzchen vernarrter Jüngling tätschelte er die Vertiefung in seinem Ärmel. Nicht, dass er, wie so mancher, eine Schnapsnase wäre; bei dieser Witterung brauchte ein richtiger Kerl nur mal was zum Wärmen. Er grinste mit fauligen Zähnen, sperrte dann die Augen auf und versuchte die Landschaft, die er leicht verschwommen wahrnahm, mit den Blicken des Fremdlings zu sehen.

Ein granitfarbener, buckliger Felsen, durchzogen von tiefen Rissen. Ursprünglich, unverwüstlich ... wie der gegerbte, lederne Panzer dieser uralten Schildkröte aus Pater Florentius' Buch?

Was einer, wie der Wicht hier, in dieser Einöde zu schaffen hatte? Ohne Equipage und Bedienstete! Mit einem Koffer, groß und prächtig wie – ihm fehlten die passenden Worte. Nach einem gewöhnlichen Postbenutzer sah er nicht aus, der fremde Mann. Versonnen nahm der Kutscher sein etwas aus dem Takt geratenes Schaukeln wieder auf. Da war nur ...

Geräuschvoll schniefend zog er die Nase hoch. Ob irgendjemand den Mann ins Bild gesetzt hatte?

* * *

Der Wind peitschte auf die Büsche, die am Wegrand standen. Ginsterbüsche, Heidekraut, dürre Brombeerhecken. Am Firmament ballten sich aufgebrachte, schiefergraue Wolken zusammen. Der Reisende am zugigen Kutschenfenster, der den modisch geknüpften Ohrenschützer höher schlug, fröstelte in der schneidenden Luft. Ein übleres als dieses ans Ende der Welt mahnende Reisewetter hätte er sich nicht aussuchen können. Vergebens suchte er einen Blick auf den Himmel hinter der Nebelbank zu werfen. Es war nicht der leuchtende, weite Himmel, den er aus seiner Heimat kannte. Hier war der Himmel tief, als wolle er die Erde mit seinem Groll erdrücken. Die Sonne hatte der Reisende so gut wie nie gesehen.

Aufgrund des schieferhaltigen Bodens hatte er nicht erwartet, dass das Herzogtum im östlichen Ardennenteil so dicht bewaldet sein würde. Eine Gegend, die ihm unvertraut war und ihm nicht gefiel. Ein verdammtes Dickicht von Pflanzen und Gestrüpp, das gegen jede Regel auf felsigem Grund Wurzeln gefasst hatte, mit finsteren, undurchdringlichen Wäldern im Hintergrund. Eine bedrohliche Landschaft!

Schweigend, aber in aller Ausführlichkeit, verfluchte Leonard Dölner den Postkutschenbetrieb, dem er seinen unerwünschten Auftrag zu verdanken hatte. Ein lästiger Verband! Schwer zu durchschauen und komplizierter, als den Behörden genehm war!

Zugegeben, an diesem Vorurteil war auch die hochnäsige Familie des Wiener Kommissars schuld; seine Mutter, seit ihre Kusine Lissy in einer Mietkutsche ihren zweiten Ehemann, einen zwielichtigen Geschäftsmann, kennen gelernt hatte; Dölners Onkel, der bei jeder Gelegenheit höhnisch das Abkommen zwischen den Habsburgern und den größenwahnsinnigen Spaniern zerriss, die mit ihrer Flotte ohnehin schon genug Macht besaßen. Eine weitere Verbindung zu den Niederlanden aufzumachen, verschaffte den paranoiden, schnauzbärtigen Schurken nur neue Möglichkeiten, ihre Kolonialpolitik zu erweitern. Dass der oberschlaue Vorsitzende, dieser Taxis, die zuletzt installierte Route durch eine besonders unwegsame Gegend gelegt hatte, hatte in gewissen Diplomatenkreisen zu Zähneknirschen und gehäuften Treffen in geheimen Kabinetts geführt. Sogar seinen Namen hatte der ärgerliche Mensch geändert. Thurn und Taxis nannte er sich jetzt!

Es roch nach Schnee. In den Steirischen Alpen, wo ihn der Befehl, schnellstens mit Wien Kontakt aufzunehmen, ereilt hatte, hatte es schon geschneit. In der Bärenschlucht war sein Pferd einmal fast den Abhang hinuntergerutscht. Geistesgegenwärtig hatte er es im letzten Augenblick mit eiserner Faust zurückgerissen.

Die Pferde schnaubten. Eine Dampfwolke bildete sich, stieg auf und verflüchtigte sich zwischen dem dicht stehenden, feuchtnassen Gehölz.

Am ersten Tag seiner Reise hatte Dölner befürchtet, der Westfälische Friede sei womöglich nichts als ein Mythos und die Zeit sei zwanzig, dreißig Jahre zurückgedreht worden. Vom Kutschenfenster aus, hinter dem schmutzigbraunen Stück Leder, das als Vorhang diente, hatte er voller Misstrauen versucht, lauernde Gestalten ausfindig zu machen und manches Mal geglaubt, immer die Hand an der Pistole, in einem der seltenen Sonnenstrahlen primitive Waffen – Hackbeile, Sensen, Äxte – aufblitzen zu sehen. Aber die Reise war ohne Zwischenfall verlaufen, und außer einigen verbrannten Hütten wies nichts auf die Grauen der Kriegszeiten hin.

»Brr, Lèni! Hoppla!«

Das Pferd schnaubte, warf den Kopf. Geisterhaft tauchte am Wegrand das Steinbild einer Madonna auf.

Dölner, aus seinen Betrachtungen gerissen, machte eine ungeduldige Bewegung mit der Hand und zupfte den Kutscher am Rockzipfel. »Das Klopfen? Was will er?«

»He?«

»Wieso klopft er?«

»Ah ja! Eine Stunde noch bis zur Station. Zum Posthaus. Der Herr kann gern ein Schläfchen halten.« Der Mann wies in die Ferne. Er hatte die weiten Ärmel seines kurzen, stinkenden Pelzes zurückgeschlagen. Seine linke Hand, die die Zügel umklammerte hielt, hatte nur vier Finger. Es war keine Verletzung.

Die primitiven Bevölkerungen hatten alle diese Mängel. Kakerlaken, Schaben waren sie. Wie das Ungeziefer, das sie in ihrem dreckigen Zeug beherbergten.

Angewidert zog der Reisende den Kopf ein und zerrte den Vorhang wieder zu. Er hatte die Nase voll von dem Pack und seinen Miseren. Den unlösbaren Problemen und ewigen Missständen! Am liebsten hätte er sie alle miteinander zum Teufel gejagt. Undankbare, verschlagene Gesellschaft!

Bei dem Vorkommnis mit den Dokumenten hatte der Postmeister aus dem Oeslinger Relais ein Fehlverhalten seinerseits abgestritten. Ein unangenehmer, streitsüchtiger Kerl, hatte man Dölner berichtet. Stur, unzugänglich, rechthaberisch – der typische Dorfpotentat. Der Schwiegersohn des Mannes sollte etwas umgänglicher sein.

Als der Kurierkoffer, die »Velleyze«, nicht mehr auftauchte, hatte man nachgeforscht. Es waren wichtige offizielle Dokumente, die vermisst wurden. Stapel davon! Die letzten politischen Entwicklungen hatten eine Menge Papierkram erfordert. Dazu kam eine Privatpost, die ebenfalls auf Diskretion baute. Den Boten hatte man tot aus der Our herausgefischt. In den reißenden Fluss gefallen, als er die Furt überqueren wollte, hieß es. Sein Pferd war zwei Meilen weiter am Ufer gefunden worden. Das Gepäck mit den Akten, die der Kurier von Brüssel nach Wien hatte bringen sollen, blieb unauffindbar.

So etwas konnte schon mal vorkommen. In Wien aber hatte man die Angelegenheit sehr ernst genommen. »Die neuen Verbündeten, Exzellenz! Ein Ärgernis wäre nicht angebracht, Euer Ehren! Es käme zur Zeit absolut nicht apropos!«

Die Schlauberger im Amt hatten hastig die Köpfe zusammengesteckt, und der Fürst hatte Dölner eingesetzt, um die leidige Affäre aufzuklären. Für Aufgaben, die diplomatischen Spürsinn erforderten, war er immer noch der beste Mann. Natürlich war die Kofferaffäre kein internationaler Zwischenfall, Gott bewahre! Aber Dölner war auch nicht mehr der Jüngste. Nur schnell, effizient und taktvoll sollte er vorgehen! Der Fürst hatte beinahe so etwas wie ein aufmunterndes Kopfnicken angedeutet. »Für Sie, Kommissar, nichts als eine lästige Formalität!«

Der alte Fuchs! Heuchler alle miteinander! Hinterhältige Lügner!

Der Spezialagent Ihrer Majestät war als allgemein verhasster Zyniker bekannt. Illusionslos, eiskalt und gerissen wie eine Kobra sei er. In seiner Arbeit dagegen war er korrekt.

Und er war diskret. Im Reichsamt pflegte man zu behaupten, Dölner lasse sich lieber foltern, als zu verraten, wo er seine Informationen her habe. Allerdings hatte sein Ansehen in letzter Zeit ein paar Kratzer erlitten. Nachdenklich rieb Dölner den kleinen Pickel an seiner Schläfe. Er schloss die Möglichkeit nicht aus, dass man genau diese Tatsache in Betracht gezogen hatte, als man ihm den Auftrag übertrug.

Unbehaglich räkelte Dölner seine Schultern, zupfte sein modisch gestutztes Bärtchen und fragte sich, warum die Obrigkeit derart hinter dieser Mappe her war. Was wollte man kaschieren? Die Politik war auf vorsichtige Entspannung ausgerichtet. Die neuesten Friedensverhandlungen ließen sich gut an. Nur Rahm und Honig ... und Samtpfoten! Ein Abkommen aus Zeiten, die andere Prioritäten gesetzt hatten, könnte den jetzigen Partnern allerdings einen Floh ins Ohr setzen. Sie würden weiter über Nebensächlichkeiten reden, sich beobachten, künftige Verträge aber mit unerwünschten Richtlinien ausstatten. Kompromittierende Papiere aus der Vergangenheit waren also das Letzte, was man brauchte. Wieder rieb Dölner seine Schläfe.

Das hieß dann aber auch, dass er in den Ardennen, im Luxemburger Oesling, behutsam vorgehen musste. In dieser Gegend, wo die Wege zu den Niederlanden und Belgien sich mit denen aus Frankreich und Deutschland kreuzten, lauerten Gefahren, die ein Fremder auf Anhieb sicher nicht erkennen würde. Dabei waren die körperlichen Gefahren noch die geringsten Übel, befürchtete Dölner. Er rümpfte seine aristokratische Nase und nahm eine Prise aus seiner neuen, silberverzierten, sündhaft teuren Schnupftabakdose.

Mit der Arroganz des Bürgers eines mächtigen Staates betrachtete er Reisen ins Ausland grundsätzlich als unnütze Quälerei.

Auf der monotonen Fahrt hatte Dölner Gelegenheit gehabt, sich seine Gedanken zu machen. Über den »bedauerlichen Vorfall«, wie man den Unfall des Postboten gleich mehrmals in einem Satz nannte, schienen die einheimischen Funktionäre nichts zu wissen. Sie waren anscheinend taub, stumm und blind.

Von Wertobjekten war beiläufig die Rede gewesen. Viel war es nicht, was die Postmeister ihren Leuten bezahlten. Manchmal nahmen die Kuriere persönliche Briefe und Pakete mit, um ihren Sold aufzubessern. Ein Raubüberfall könnte möglich sein. In diesem Fall wäre das Beste natürlich, wenn die Räuber Gold und Schmuck verhökert und den Diplomatenkoffer mit den belastenden Dokumenten in den Tiefen der Our versenkt hätten. Aber Dölner hatte das dunkle Gefühl, dass diese Vision zu optimistisch sei. Zu simpel. Er würde dem heiligen Antonius wohl oder übel eine verdammt dicke Kerze anzünden müssen!

Er fragte sich, warum ihn gerade diese Reise so beunruhigte. Es war eine einfache Routineangelegenheit, die man allerdings auf schnellstem Wege bereinigen sollte!

Dölner zog eine Grimasse und schnüffelte. Ein erstickender, feuchter Gestank nach faulem Laub und ungewaschener Kleidung, der ihm von draußen entgegenschlug, überdeckte den Geruch nach Pferd und Leder und nassem Hundefell, der im Wagen vorherrschte. Es war eine Mischung von Gerüchen, die sein unterschwelliges Unbehagen verstärkte. Unbequemlichkeiten setzten ihm immer zu. An den Alltag des Reisens gewöhnte er sich nie.

Eigentlich aber war er überzeugt, dass dieses Unbehagen noch von dem ehrenwerten Hartmann stammte, der seit Jahrzehnten wie eine Eule in seinem verstaubten Eckzimmer im oberen Stock des Wiener Reichsamtes thronte, und dem jeder Diplomat vor einer Abreise nolens volens seine Reverenz zu erweisen hatte. Grummelnd und leise fluchend gaben sich die hohen Tiere des Landes dort die Klinke in die Hand.

»Der Koffer, wie? Peinliche Sache«, hatte der frühere Richter mit hochgezogenen Brauen zu Dölner gesagt. Als dieser vorsichtig nickte, setzte er hämisch kichernd hinzu: »Wilde sind es! Vandalen! Und einige davon jagen einem gefährlichen Traum von Glück nach. Einem Traum, den wir keinesfalls dulden dürfen!« Er hüstelte anzüglich, glättete penibel sein königsblaues Wams mit dem hochgestellten Kragen, das sein bleichsüchtiges, faltiges Gesicht noch mehr hervorhob, und drehte Dölner den Rücken zu. Dann bewegte er sich steif wie eine schlecht zusammengefügte Gliederpuppe ans Fenster, wo er seine Aufmerksamkeit einer Kutsche widmete, die im Hof ein Drehmanöver ausführte. Sein nach innen gekehrter, leerer Blick ließ Dölner vermuten, dass die Alterschwäche des fast Achtzigjährigen in letzter Zeit rapide Fortschritte gemacht hatte. Katzbuckelnd, mit einem Rest von Klarsicht, hatte der Hofrat das Zimmer auf schnellstem Weg verlassen.

Dölner ließ sich nach hinten gegen die unbequemen graubraunen Polster kippen, rieb seinen Nacken und verzog das Gesicht. Seit dem letzten Postaufenthalt hatten sie eine Meile nach der andern zurückgelegt und längst die vereinzelten, schmalen Häuser am Straßenrand hinter sich gelassen. Es wurde Zeit, dass sie ihr Ziel erreichten.

»Brr! Hoppla!« Die Pferde fielen in einen ungleichmäßigen Tritt. Der Kutscher knurrte und hantierte fluchend mit den Zügeln.

Dölner zog den Vorhang wieder zurück, streckte den Kopf hinaus. In der Ferne, zwei, drei Meilen weiter, erschienen schemenhaft kleine, unregelmäßig aufblitzende Punkte. Zwischen Ginsterbüschen und Sträuchern rann Wasser aus engen, bemoosten Felsspalten. Am Rand des Weges, hinter den verschlungenen Strängen entwurzelter, vermoderter Bäume und den vielen Schichten faulenden Laubs, glaubte Dölner einen niederen Schatten zu sehen. Er fuhr zurück. *Sacrebleu!* Der Urfeind! *L'ennemi ancestral!*

In diesen Gegenden wimmelte es von Wölfen. Es gab mehr Wölfe als Menschen. Und an die würde Dölner sich nie gewöhnen. Verflixte mörderische Bande! Das eine oder andere Problem mussten sie aber auf ihre Weise gelöst haben, dachte der Gesandte sarkastisch.

Er vergewisserte sich, dass er seine Pistole griffbereit hatte, und stieß den Stock energisch gegen den Kutschbock. »He, Fuhrmann! Das hier ist eine Mordsquälerei. Wie lange soll das Rattern und Stampfen noch gehen?«

Der Kutscher ließ sich seitlich nach rückwärts hängen, tastete krampfhaft mit seiner Klaue, bis er den Mantel des Reisenden zu fassen bekam. »Der Rauch? Beißender, stinkender Rauch? Riecht der Herr es auch?« Er spähte angstvoll herab und seine Augen rollten wie die seiner Pferde. »Hat er das Klappern gehört?«

»Ein Klappern! Hallelujah!« Dölner beschlich ein beklemmendes Gefühl. Der Kutscher, der seit Stunden wie ein Affe auf seinem Bock herumturnte und sich bis jetzt ganz gut gehalten hatte, schien schlagartig panische Angst zu haben.

Glaubte offenbar, der Leibhaftige sei hinter ihm her. Dölner hatte bis jetzt kaum Gedanken an den Bauernlümmel verschwendet und verrenkte sich fast den Hals, als er zum Kutschbock emporsah. Das Gesicht, das wie abgeschnitten über dem Wagen schwebte, war zerfurcht wie ein Urgestein. Buschige, graue Augenbrauen wölbten sich über den aufgerissenen Augen. Die Hände zitterten wie Schmetterlingsflügel, und der Kutscher schwitzte, trotz der eisigen Luft. Ein Geruch von billigem Fusel umgab ihn wie ein schwingender Mantel.

*»Courage, mon ami! Calmons-nous!«*, beschwichtigte der Beauftragte. Er sah über die Schulter und lauschte. Kruzitürken! Ein Überfall! Die verfluchten niederländischen Wegelagerer entwickelten sich mehr und mehr zu einer Plage. Sie organisierten sich zu Banden, plünderten, mordeten, schreckten vor keiner Untat zurück. Aber vor den Niederländern hätte man ihn sicherlich gewarnt. Anscheinend waren sie nicht das Problem. Nach einem Gewaltstreich sah das nicht aus.

Nein, da war nur das Heulen des Windes. Ein lang gezogenes, fast melodiöses Jaulen! Dem Kommissar kam es vor, als habe der Wind eine Stimme. Und unter dem Heulen des Windes, dem Stampfen und Schnauben der Pferde, konnte man mit etwas Einbildung tatsächlich auch ein Klappern hören. Losgelöst von der Kakophonie und Unausgeglichenheit der üblichen Fahrgeräusche konnte es einen schon irritieren. Mit etwas Glück würde es in Bälde von anderen ländlichen Lauten abgelöst werden. Und er musste aufhören, in jedem ungewöhnlichen Vorfall eine Verschwörung zu sehen. Aber der Blick in die Oeslinger Gegenwartsgeschichte war wirklich nicht vergnüglich.

Die bitterkalte Luft nahm ihm den Atem, und er zog widerwillig den Vorhang zu. Nun, ein Räuber auf der Flucht würde sich nicht lange in dieser wenig einladenden Einöde verbergen können. Der Kutscher, sein Fährmann über den Hades, dessen Konstitution Dölner verschwommen an eine Alraunwurzel erinnerte, war ein Hasenfuß, dem ein paar Wölfe Angst einjagten. Einsame Waldbewohner wurden, genau wie Kadetten auf hoher See, von plötzlichen Angstattacken heimgesucht, erzählte man sich. Dazu war der verdammte Kerl ein Schluckspecht mit einem wirklich beeindruckenden Schnapskonsum.

Dölner drückte sich wieder in seine Ecke. Er mummte sich in die zerknautschte, nach Hund stinkende, kratzige Reisedecke, zog den Ohrenwärmer bis über die Nase. Bevor er die Augen schloss, fuhr er fast routiniert mit der Zunge über die Innenseite seiner rechten Wange und betastete vorsichtig den letzten Backenzahn, seinen stets präsenten Quälgeist. Beruhigt verbannte er danach alle hinderlichen Gedanken aus seinem Kopf und beschäftigte sich halbherzig wieder mit den anliegenden Problemen.

Kurz nickte er ein, fuhr auf, als die Pferde wieherten. Die Stimmen, das Hundegebell bezeugten es: Er war am Ziel – in der äußersten Poststation dieses gottverfluchten, dunklen Oesling.

## 2. Kapitel

Das Essen war nicht einmal so schlecht gewesen. Der Wein schmeckte etwas herb, fast säuerlich. Die Mägde hatten aufgetragen und sich gleich scheu verdrückt. Der Herr schien ein strenges Regiment zu führen. Es würde schwierig sein, das Gesinde zum Reden zu bewegen.

Dölners Blick wanderte durch das niedrige Zimmer, nahm den rauchgeschwärzten Kamin, die wenigen, schweren Eichenmöbel wahr. Von der Wand starrte das riesige Gesicht eines Keilers auf ihn herab, die Hauer beleuchtet vom flackernden Schein des Feuers. Dölner war der einzige Gast. Im November war der Postverkehr auf ein Minimum beschränkt.

Der Postmeister war abwesend. Eine dringende Angelegenheit im Holzwerk, die seine Anwesenheit erforderte, hieß es. Morgen sei er zurück. Aber in einem Hinterzimmer waren Stimmen zu hören. Manchmal, auf der Grundlage flachen Gemurmels, setzte jemand lautstark seine Meinung durch.

Nachdenklich nippte Dölner am Wein. Offenbar gab es eine Beratung. Nun ja! Weiß Gott! Er ließ die schwere Goldkette, die man ihm zu seinem Amtsantritt verliehen hatte, durch die Finger gleiten, gähnte geziert und zog an dem steifen Halskragen. Er hatte sich umgezogen. Sein grüner Joppen mit dem Samtrevers und das Seidenhemd mit dem weißen Kragen waren eigentlich zu fein für diese Gelegenheit. Aber um diesen verdammten Koffer zu finden, war es wichtig, seine Position zu klären. »Je schneller, desto besser«, murmelte er.

Er hatte zwei Gold-Florins neben seinen Teller gelegt, scharrte manchmal damit hin und her. Die Knechte, die den Tisch abräumten, die Mägde, die mit Schalen, auf denen Pilze und Nüsse lagen, hin und her huschten, wussten, warum er hier war. Sie würden die Botschaft verstehen.

Der Kommissar saß nahe am Kamin, und ihm war zu heiß. Der Rest des Zimmers war eisig, sodass er sich wie ein halbgares, einseitig gebratenes Fleischstück vorkam.

Er saß schlaff und passiv da, ließ den Kopf hängen. Selbst einem aufmerksamen Beobachter musste es so vorkommen, als sei Dölner nach seinem reichlichen Weingenuss plötzlich eingenickt. Nach einer ihm angemessen erscheinenden Weile rückte er den grob zusammengezimmerten Stuhl aus Kiefernholz zurück.

Als er schwerfällig und umständlich die enge Treppe hinaufstieg, glaubte er hinter sich leichte Schritte und ein Rascheln zu vernehmen. Er blies die Kerze aus und wartete. Wieder das Knistern von Kleidern. Vorsichtig beugte er sich über das Holzgeländer.

Jemand stand in dem kleinen Verschlag unter der Treppe. In dem Schein des Lichts, das aus einer Türöffnung fiel, unter dem riesigen Geweih eines Zwölfenders, sah Dölner einen schmalen Schatten. Biegsam und geschmeidig wie der einer jungen Pappel. Unschlüssig zupfte er an seiner Manschette, vergewisserte sich, dass die Tür zu dem Beratungsraum noch immer geschlossen war, drehte sich dann um und stieg in sein Zimmer, jeweils zwei Stufen auf einmal nehmend. Er ließ die Tür einen Spalt offen.

Drinnen war es ungemütlich. Das Feuer war fast ganz heruntergebrannt, und in den Ecken war es stockfinster. Eine kleine Kerze brannte auf dem Nachttisch neben mehreren, einfach gedrehten Talglichtern. Sie dufteten schwach nach Bienenwachs. Die Wände waren roh verputzt. Hinter dem Bett war die Mauer mit einer verschlissenen, roten Seidentapete bespannt, abgerundet mit dem Rest einer blauen Borte. Das Bett sah wenig einladend aus. Dölner strich über die Laken. Sie waren klamm und feucht. Nur in der Mitte fühlten sie sich wärmer an. Man hatte einen heißen Stein oder eine Bettpfanne mit Kohlen über den Bettsack gezogen. Fürsorglich gewiss – eine hübsche kleine Rechtfertigung –, aber es genügte nicht, die Feuchtigkeit aus dem Zeug herauszutreiben. Missmutig rieb Dölner sich die kalten Hände. In diesen Waldregionen herrschte im November ein fast polares Klima. In Wien sorgten Kachelöfen für gemütliche Wärme. Hier waren die Bauern auf zugige Kaminfeuer angewiesen. Dölner war fast bestürzt über die Kargheit ihrer Lebensweise.

Aber wenn man die Wirrungen und Krümmungen seines Berufs betrachtete, waren Unbequemlichkeiten bei Ermittlungen mit Abstand das Lästigste. Rückenschmerzen, Frostbeulen, abgestorbene Finger und Zehen – Dölner kannte sie alle, die körperlichen Leiden. Und hier ... Nicht zum ersten Mal wünschte er, man hätte ihm, wie es ihm zukam, ein besseres Quartier statt dieses ungemütlichen Gästehauses angeboten. Ein Zimmer im Schloss des Gouverneurs zum Beispiel, ausgestattet mit einem Daunenbett mit Seidenlaken und einem Baldachin – diese Vorstellung entlockte ihm einen fast schnurrenden Laut des Behagens. Wollte man ihm durch dieses abweisendes Benehmen etwas klarmachen?

Der Empfang war in jeder Hinsicht frostig gewesen! Der Kommissar hatte mit keinem Kniefall gerechnet – nicht bei dieser unklaren Beweislage –, aber konnte ein Mann seines Standes nicht trotzdem Aufmerksamkeit erwarten? *Sacrebleu!* Diesen Bauern ging jedes Gespür für Konduite ab!

Dölner steckte einen Span in die Flammen, lauschte und beobachtete den langsam zündenden Funken. Er grübelte über die sinnlos scheinenden Entschlüsse der Ältesten in einem kleinen Dorf nach, dachte verdrossen an den unsicheren Reitplan der Post. Dann setzte er sich auf einen Stuhl. Überlegte wieder. Und in diesen Überlegungen hatten seine persönlichen Anliegen den bescheidenen Vortritt vor seinen Berufsverpflichtungen.

Aber der Kommissar war gefürchtet für seinen Spürsinn. Beim Essen hatte er eine Spannung im Raum zu spüren vermeint. Trotz, Unruhe, auch Furcht, Angst! Das konnte er nicht abschütteln.

Es war still im Raum. Zuweilen richtete er einen argwöhnischen Blick auf den Türspalt. Sein Besuch ließ sich Zeit. Dölners Bedarf an Kalamitäten war für heute gedeckt, aber zum Vergnügen war er nicht hier. Nicht einmal Lektüre zum Überbrücken von Situationen wie dieser hatte er mit dabei.

In Wien hatte er seinen Majordomus beauftragt, ihm Literatur aus der Gegend zu beschaffen. Aber der Mann war ohne Erfolg zurückgekehrt. Außer archäologischen Abhandlungen und mehreren ziemlich ungenießbaren Schriften eines Jesuitenpaters gab es keine Werke. Lesen und Schreiben standen bei der Bevölkerung offenbar nicht sehr hoch im Kurs.

Kurz überlegte er, ob das Volk zur Selbstkasteiung tendierte. Vieles wies darauf hin, auch wenn Lesen ja nicht wirklich ein Luxus war.

Langsam wurde die Tür aufgeschoben. Als Dölner den Kopf hob, sah er, wie eine der Mägde, die vorhin das Essen aufgetragen hatten, hereinkam. Es war die Jüngere, die Blonde mit den langen Zöpfen. In der Hand hielt sie einen grob gehämmerten Weinbecher, der ihr wohl als Entschuldigung dienen sollte, falls ihr Eindringen Fragen aufwerfen würde. Die Magd war klein, mollig, mit einem hellen, offenen Gesicht – ganz hübsch auf eine ländliche Art. Mit einem ordentlichen Kleid, einer anderen Frisur, einem Seidenfoulard vielleicht, wäre sie in Wien eine Schönheit gewesen.

Dölner stand auf und entzündete den Docht einer weiteren Kerze, die er aufs Fensterbrett stellte. Er brauchte mehr Licht. Er musste klar sehen, was man ihm so anbot.

Das Mädchen ging durch das Zimmer, ohne dass ihre derben Rindenschuhe auf dem Holzboden den geringsten Lärm verursacht hätten. Ihr Haar und ihre Haut dufteten frisch nach Zitronenkraut. Sie nahm die Kerze vom Fenster und platzierte sie auf den Schrankkoffer an der Wand gegenüber der Tür. Kurz legte sie einen Finger auf ihre Lippen.

Dölner blieb mit verschränkten Armen vor ihr stehen und runzelte die Stirn.

Vom Hof hörte man Stimmen und barsche Befehle. Das Mädchen packte den Weinbecher, als wolle sie die Luft aus etwas pressen. Ihre klaren, blauen Augen sahen mit geheucheltem Respekt zu dem Kommissar auf, aber etwas in ihren fest aufeinandergepressten Mundwinkeln widersprach diesem Eindruck von Untertänigkeit. Dölner wartete. Zu dem dunklen Raum bildete ihr blondes Haar einen freundlichen Kontrast.

Sie räusperte sich. »Florentius, der Mönch, sagt, es seien Geistliche, die diese weißen Kragen tragen. Prediger, Beichtväter ...«

»Da irrt sie sich. Ich habe die konvertierte Religion«, sagte der Hofrat kurz. Er verbarg seine Verärgerung, indem er mit den Schultern zuckte. »Wenn sie beichten muss, braucht sie jemand anders. Der Kragen gehört zu meiner Uniform.« Die ansprechende Kleidung seiner Tracht musste auf ein so junges Ding einen besonderen Eindruck gemacht haben. »Aber wenn sie was weiß ...?« Er zog die zwei Goldstücke aus der Tasche, hielt sie ins Kerzenlicht. Kein Zweifel! Für ein Frauenzimmer ihres Standes war die Summe mehr als angemessen.

Das mit der konvertierten Religion stimmte nicht, aber, wenn er über Recht und Unrecht, über Reue oder Schuldgefühle zu befinden hatte, schien es ihm ganz angebracht, auch das kalvinistische Empfinden einzusetzen. Für Dölner waren religiöse Überzeugungen, wie andere Druckmittel auch, nur brauchbare Mittel zum Zweck. Vorwände! Aber zufällig in Unordnung geratene Geschehen zu dominieren gefiel ihm. Er überlegte, ob ein Gold-Florin nicht genügen würde. Die Magd sah nicht aus, als könne sie mit größeren Geldbeträgen umgehen.

»Ich brauche kein Geld. Nicht so! Nicht aus dem Grund.« Das Mädchen senkte rasch den Kopf.

»So! Sie braucht kein Geld?« Das gefiel Dölner nicht. Er setzte sich wieder auf den unbequemen Holzschemel aus knorrigem Eichenholz und betrachtete seine Besucherin mit halbgeschlossenen Augen. Er hatte gehofft, die Bediensteten hier seien unterwürfig und leicht zu lenken. Aber die Kleine war störrisch, rechthaberisch. Widerspenstig! Sie brauchte kein Geld? Was zum Teufel wollte sie dann? Sie musste eine Präferenz haben. Was war ihr Vorzug? Ihr Leibgericht?

Nachdenklich zupfte Dölner an seinem Ohrläppchen und lauschte gleichzeitig aufmerksam auf ein verdächtiges Geräusch von draußen. Er hörte nur den Wind, der über die Häuser strich, und die leichten Erschütterungen, wenn ein Postwagen unter seinem Fenster im Hof rangiert wurde.

Der Hofrat war unsicher, er kannte das Landvolk nicht. Weder seinen Glauben noch seine Ängste. Er wollte das Volk auch gar nicht kennen lernen. Vor seiner Reise hatte man ihm von den Einheimischen erzählt. Unglaublich zäh seien die Leute. Eine Rasse, die an ihrer Scholle klebte und nicht leicht aufgab. Misstrauisch und reserviert Ausländern gegenüber! Verstohlen unterdrückte der Kommissar einen kleinen, nervösen Schluckauf. Er hoffte, die hartnäckige Magd würde kein Stolperstein auf seiner Route werden. Wenn sie kein Geld wollte, verstand er ihre Forderungen nicht. Für ihn roch das Ganze aber verdächtig nach einem Interessenkonflikt.

Er verzog das Gesicht, als ob er anstatt des Wildbratens etwas Vergammeltes gegessen hätte. Zum Kuckuck! Er hätte den Leuten hier nur zu gerne erzählt, dass ein gekräuselter Bart noch nicht auf einen Propheten schloss und ein gestohlener Koffer nicht auf eine Verschwörung. Und Politik konnte zuweilen enorm diskret sein. Nur ...

Das Herzogtum lag im Herzen Europas. Im nahen Rheinland unterhielt der Brandenburgische Kurfürst eine Unzahl von schlecht bezahlten, hungrigen Spionen. Das konnte gefährlich sein. Louis, der französische König, hatte mit seinem Vetter, dem königlichen Schatzmeister, einen Trumpf im Ärmel, was die Diplomatie betraf. Der Vetter, dessen

Frau, wie jeder wusste, Besitztümer im nahe liegenden Metz und Nancy hatte! Auch über die diffizile militärische Lage des ständig besetzten, kleinen Landes hatte man Dölner bestens informiert

Die Magd druckste herum, trat von einem Fuß auf den anderen. So schwer konnte es doch nicht sein, einen Fehler oder eine Nachlässigkeit zu gestehen!

In dem kleinen Zimmer roch es nach abgestandener Luft, aber wenn Dölner das Fenster aufstieß, würde seine Kleidung in Kürze feucht und klamm werden. Ins ungemütliche Bett zu kriechen, war wohl die beste Lösung. Er warf ein herumliegendes, sperriges Scheit auf das kleine Feuer, gähnte und bemühte sich nicht, seine Ungeduld zu verstecken. Ein Florin für eine Information würde völlig genügen. Mehr wäre eine sträfliche Verschwendung. Und jetzt könnte er ein Schnäpschen wirklich vertragen.

Seine Besucherin hatte ebenfalls ihre Not. Sie zögerte sichtlich. Dann gab sie sich einen Ruck. »Ah ja, Terese heiße ich. Und der Sekretär des Gouverneurs von Monterey ist ermordet worden. Letzte Woche in der Abtei.« Sie schluckte.

»Was zum Teufel! Ermordet? Der Sekretär des Generalstatthalters von Monterey?« Dölners Stimme drückte Unglauben aus. »Das ist ja eine Neuigkeit!« Nicht im Traum wäre ihm eingefallen, dass man ihn mit lokalen Geschichten beschießen würde. Er hatte erwartet, etwas über den Diplomatenkoffer zu erfahren. Eingepackt wahrscheinlich in eine gut getarnte Erpressung! Aber Mord?

Das Mädchen nickte knapp. »Jan hat den Streit gehört. Jan ist mein Bursche. Er war im Refektorium hinter einem Vorhang. Es hat so ein komisches Geräusch gemacht, und dann lag der Kerl da. Er hat sich nicht mehr gerührt, und der andere lief fort.«

Donnerkeil! Der Sekretär des Gouverneurs ermordet? War es das, was Richter Hartmann aus Wien beunruhigt hatte? Hatte der Sekretär den unbequemen Koffer verschwinden lassen und war deswegen von einem anderen Halunken beseitigt worden? Das wäre allerdings fatal. Es würde sogar einen diplomatischen Eingriff rechtfertigen. Um keinen Preis aber hätte Dölner seinen Vorgesetzten diese Nachricht überbringen wollen. Unbehaglich räkelte Dölner seine Schultern. Sein Schatten an der Wand bewegte sich auf und ab wie eine riesige Fledermaus.

Das Mädchen warf ihm einen Blick zu. »Der Täter war ein Herr. Er trug einen Umhang aus Samt mit Pelz am Kragen. Jan hat seinen Rücken gesehen. Er hat es dem Postmeister erzählt. Der ist ebenfalls der Meier. Und nun sagen alle hier«, sie schluckte krampfhaft, »alle sagen, Jan habe den Mann erdolcht. Aber Jan, nie im Leben ... er könnte nie ...« Ihre Stimme brach.

Mit einem Prasseln fiel der Scheit auf den Kaminrost. Ein Gemisch aus Ruß, Asche und glimmenden Holzstückchen folgte ihm. Ein paar Funken stoben dabei wie Sternschnuppen auf das gelbliche Schaffell vor dem Bett.

»Ah ja? Jan?« Wer zum Teufel war das schon wieder? Ihr Bursche? Ein ungestümer Bauernlümmel, der sogar vor einem Mord nicht zurückschreckte? Dölner versuchte sich ein Bild von Jans Beweggründen zu machen, aber sein Kopf war leer. Er zwang sich ein beruhigendes, schiefes Lächeln ab. Er hoffte, dass er hier auf dem Land zu allem Ungemach nicht über eine dieser griechischen Tragödien gestolpert war. Es wäre irrsinnig. Er hatte eine beschwerliche Reise hinter sich, und nun war er müde. In der Kutsche hatte er sich wundgestoßen. Man hatte ihn zu Tode erschreckt, und er war fast erfroren. Lokale Probleme interessierten ihn einen Schmarren.

Brisante Dokumente aus der kriegerischen Vergangenheit hatte der Sekretär jedenfalls keiner Autorität zukommen lassen. Das hätte schon fatale Konsequenzen gehabt. Und einen Jan hatte in Wien niemand erwähnt. Nicht einmal der allwissende Richter, dachte Dölner schadenfroh!

Die Magd sah mit bemüht ausdruckslosem Gesicht vor sich hin. Nur ihre Unterlippe zitterte leicht. »Ja. Aber da sind noch die anderen. Die Toten ...«

»Tote?« Das Wort schien von den Wänden widerzuhallen. Dölner ließ sich aufs Bett fallen. Es könnte ein Fremdwort sein. Die Möglichkeit bestand. Aber er spürte, wie seine Kopfhaut unangenehm zu jucken begann. »Was zum Teufel!«

Das Mädchen sah den Diplomaten voller Unbehagen an und nickte. Sie balancierte von einem Bein auf das andere und wiegte sich hin und her.

Pedantisch glättete Dölner die zerknitterten Rüschen an seinem Hemd. »Todesfälle, Unfälle und gehäufte Krankheitsfälle sind ein Fall für die herzoglichen Autoritäten. Für die Gemeinden oder das departementale Gerichtswesen!«

»Es sind schon sechs.« Sie sah zu Boden.

»Sechs was?

»Sechs ... nun, sechs Tote.«

Noch immer geschockt, zwickte Dölner seine Nase. »Sie sagt, es gab außer dem ermordeten Sekretär aus Monterey weitere Tote? Eine Seuche?« Unbehaglich lehnte er sich zurück. »Der Aussatz? Bei Krankheiten ist der Gesandte etwas ...« Niemand, verdammt noch eins, hatte ihm von einer Epidemie berichtet!

»Nein, sie waren nicht krank. Sie sind einfach ... tot. Bert und Klaus und Aloyse ...« Fast geistesabwesend starrte das Mädchen den Kommissar an, griff nach ihrem blauen Schultertuch und zog es eng um sich. »Bert, der Müller, wurde seit dem Schneesturm am Jahresanfang vermisst. Mit ihm hat alles angefangen. Im Januar verließ er eines Abends die Mühle, und man fand ihn im Frühsommer nicht weit von hier in einer Schlucht. Jedenfalls glaubt sein Vater, dass er es ist.« Sie schürzte die Lippen. »Damals dachten wir noch an einen Unfall. Dann aber ging es weiter! Klaus Gander und Aloyse verschwanden fast gleichzeitig. In einem Abstand von nur vier Wochen. Klaus ertrank im Waldsee. In einem Wasser, das nicht höher ist als ...« Sie zeigte eine Spanne von knapp zwei Fuß. »Und Aloyse ...« Sie starrte auf ihre Füße. »Nur Tilly, seine Schwester, hat ihn erkannt. Er sah aus wie die anderen.«

Dölner warf dem Mädchen einen verunsicherten Blick zu. Eine Verrückte? Eine, die sich mit makabren Märchen aufspielen wollte? Heiliger Josef! Diesen Eindruck hatte sie a priori nicht auf ihn gemacht. Etwas verloren, hilfesuchend, ja. Aber nicht gestört. In was war er hier hereingetappt? Er tastete nach seiner Tabakdose. Ihre runde, glatte Form in seiner geschlossenen Hand half ihm immer, sein inneres Gleichgewicht zu halten.

Das Mädchen fröstelte und zog das dicke Wolltuch noch enger um seine Schultern. »Vor drei Monaten Jeannot, er war gerade mal sechzehn, und kurz danach Leo, der Schmied. Er wurde von einem Wolf gebissen, sagten sie damals. Aber er hatte ganz andere Verletzungen, und mit seinen riesigen Fäusten hätte er jeden Wolf erwürgt!« Sie balancierte hin und her und massierte sich die Knöchel, als sei sie müde.

»Will sie damit sagen, die Poststation ist der Schauplatz einer ganzen Reihe von Morden? Ist sie etwa ...?«, intonierte Dölner, verschluckte aber den Rest. Wenn sie verrückt war, würde er es in Bälde erfahren. Sperrte man hier diese Leute nicht ein? Wie verfuhr man im Ödland mit Irren?

Ohne ihn anzusehen, zählte die Magd an ihren Fingern ab. »Fünf sind es. Ohne den Sekretär. Aber das ist eine andere Geschichte. Ein Aushilfsgärtner aus der Abtei wird noch gesucht. Seit einer Woche! Die Mönche glauben aber nicht, dass er wiederkommt.«

Draußen heulte der Wind durch die kahlen Bäume, schickte ein winterliches Signal voraus. Die Zweige des Birnbaums auf dem Hof schlugen an das Fenster und erzeugten ein kratzendes Geräusch, das, wie ein Instrument in einem Musikdrama, den Schrecken der Worte betonte. Dölner stellte sich mit dem Rücken zu dem schmalen Fenster. Er fühlte sich gar nicht behaglich. Er fand die Situation eher gespenstisch. Behauptete die Magd etwa, dass seit Monaten hier Serienmorde stattfanden?

»Ein Bär?«, schlug er vor. »Und sie kann sich setzen, wenn sie will!«

»Oh nein, kein Bär. Der letzte Bär wurde vor zwanzig Jahren in Clerf getötet. Die Dörfer veranstalteten damals eine Treibjagd.« Sie blieb weiter stehen.

»So dann.« Hilflos hob er die Hände.

»Es gibt keinen Bären mehr. Sie sagten auch, es sei kein Tier.«

Geistesabwesend strich Dölner über seinen kurzen Kinnbart. Kein Raubtier? Eine Nachricht über vermehrte

Anzeichen räuberischen Unwesens war nicht über die Grenzen gedrungen. Dabei verbreitete sich derlei in diesen Zeiten ziemlich rasch und brachte Unruhe. Er hoffte, man habe genügend Ordnungskräfte vor Ort, um die Suche nach seinem Koffer nicht zu vernachlässigen. Und, Teufel noch mal, mit Details über diese Meuchelmorde sollte man ihn verschonen!

Der Kommissar ließ sich wieder auf den Hocker fallen, presste eine Hand auf seinen empfindsamen Magen und wünschte, er hätte dem leckeren Wildbraten weniger zugesprochen.

Es war lange her, dass er sich mit offenen Gewalttaten auseinandersetzen musste. In letzter Zeit hatte er sich mehr und mehr mit Schreibarbeiten abgegeben. Auf Schwierigkeiten war er gefasst gewesen. Auf nationale, sprachliche Probleme und Zwiespalte. Aber Serienmorde im Ödland? Verdammt! Er stöhnte. Das überschritt sogar die Vorstellungen des Richters. Dölners Auftrag war klar und deutlich: Er lautete einzig und allein, kompromittierende Papiere aufzuspüren und zu sichern!

Terese sah ihn erwartungsvoll an, als er sich räusperte. »Da gibt es allerdings so einiges, was dem Kommissär schwer fällt zu glauben! Zwei sehr verschiedene Tatorte, ganz unterschiedliche Verbrechen! Ein fast höfischer Beamte und dann diese Bauersleute ...« Sein Ton war Unglaube.

»Er hört nicht zu!«, schnaubte seine Besucherin. Sie schlug mit der flachen Hand nach ihm wie nach einem lästigen Insekt.

Jetzt stand für Dölner fest, dass die Leute hier verrückt waren. Verrückt und lebensmüde. Noch so eine dieser Verdrießlichkeiten, wie sie ihm dauernd widerfahren mussten. Ihm, Dölner, passierten auch immer fatale Misslichkeiten. Er widerstand dem Drang, sich umzudrehen und Reißaus zu nehmen.

Verdrießlich stellte er sich hinter seinen Tisch. Er mochte es überhaupt nicht, dass die Magd ihn angriff. Verbal oder physisch angriff. Was untergeordnete Frauenzimmer anging – was Frauenzimmer überhaupt anging –, fehlte ihm das intuitive Verständnis. Aber einen Schirm amtlicher Unantastbarkeit aufzubauen, konnte vielleicht nicht schaden. »Statt des kaiserlichen Beauftragten, statt Kommissär Dölner wäre ihr mit einem einheimischen Funktionär besser gedient. Es ist eine Frage des Anstands und der Etikette«, versuchte er das Unheil abzuwenden.

Was erwarteten die Leute hier? Ein lapidares Gerichtsurteil? Er konnte mit Gewissheit von sich sagen, dass er kein bürgerlicher Typ war, sich fast nie nach einem gängigen Muster orientierte. In internen, juristischen Fragen könnte er ihnen allerdings eine wertvolle Hilfe sein. Dann kam ihm der Gedanke, dass die Magd sich womöglich über ihn lustig machte. Er warf ihr einen kurzen Blick zu, schüttelte den Kopf. Nein, das würde die Dirne nicht wagen.

Er griff nach seiner Goldkette und ließ sie durch die Finger gleiten. Er räusperte sich, unterdrückte dann das, was er sagen wollte. Aber seine Meinung war gefasst. Das Land war klein, die Bedeutung, die ihm zukam, war ebenfalls klein. Alles war klein. Die Untaten durften nicht größer sein. Er hatte nur ein mulmiges Gefühl, als seien die Schicksalsgötter womöglich mit seiner schlauen Theorie nicht einverstanden.

Die Magd schwieg. Ihre Augenlider zuckten leicht.

Dölner zog die Stirn in Falten. Es musste alles ein riesiges Missverständnis sein. Warum sollte der Abt einen Bauern zu sich rufen? Diesen Jan wie auch immer? Nein, nein ... Der Kerl hatte den Sekretär ausrauben wollen. Es war zu einem Kampf gekommen, einem ungewollten, unglückseligen Totschlag, und jetzt brauchte sie Unterstützung. Ein etwas angeschlagener Hofrat aus Wien kam ihr da gerade recht. Sie nahm wohl an, ein alter Säufer wie er sei leicht herumzukriegen.

Dölner, der klassenbewusste, kaiserliche Beamte, wurde ärgerlich. »Was soll ein Bursche wie Jan in einer Abtei?«, bellte er. »Und wie, sagt sie, heißt sie noch?«

»Terese. Terese Thillen! Aber Jan nennt mich Tréisy.« Zwei rote Flecken blühten auf ihren Wangen auf.

»Und?«

»Jan war da für die Theateraufführung. *»La princesse ressuscitée.«* Ihr Französisch klang fast korrekt. »Er sollte die Bühnenbauten für Coutelier machen. Coutelier ist der Autor. Er hat die ›Prinzessin‹ geschrieben! Das Theaterstück! Die Mönche kennen Jan. Er macht kleine Reparaturen, schnitzt die Krippen zu Weihnachten.«

»Ein Bauer?«

Das Mädchen warf ihm einen feindseligen Blick zu, nestelte an ihrem Gürtel und zog einen Gegenstand aus ihrer Tasche. Sie stellte ihn auf die Truhe. Es war eine Landschaftsidylle – ein Junge und ein Mädchen eng nebeneinander sitzend. Ginsterbüsche, Weidenkätzchen, in Kirschholz geschnitzt und sehr naturgetreu getroffen.

Dölner nahm es in die Hand. Für einen Kenner mochte das Werk fehlerhaft, naiv sein, aber jeder konnte sehen, dass der Junge Talent hatte. Er schluckte. »Das ist gut.«

»Jan ist ein Künstler. Das sagen auch die Mönche. Jan, den Sgraffitisten, nennen sie ihn.«

Dölner fixierte sie. Der stolze Ausdruck auf ihrem Gesicht erinnerte ihn an etwas, was lange zurücklag. Eine Melodie, quecksilbrig wie das Sprudeln und Plätschern einer Bergquelle, die langsam im Moos versickerte ... perlend wie ... Er wischte den Gedanken schnell weg. Er wusste nicht genug über ihre Wesensart, um voreilige Schlüsse zu ziehen.

Pedantisch rückte er den Hocker vor die Mauer und blieb davor stehen. »Hm, der Pöbel denkt also, Jan sei der Mörder? Hab ich sie recht verstanden?«

»Nein, nein, Jan ist doch keine Bestie«, sagte sie entrüstet. »Die Leute denken nur, Jan wüsste, wer das Ungeheuer ist. Der Sekretär könnte das herausgefunden haben, und Jan habe ihn im Streit getötet. Unabsichtlich!« Sie strich eine Strähne aus der Stirn und sah den Kommissar an. »Wegen seiner Arbeit im Schloss und im Kloster argwöhnten die Bauern schon immer, Jan stecke mit den anderen unter einer Decke. Die Herrschaften vermuten übrigens das gleiche, nur eben andersrum. Jan ist einer von uns.«

»Ich verstehe. Kein Ungeheuer, sagt sie.« Dölner schloss langsam die Augen, bis sie nur ein Spalt waren. Es wurde immer undurchsichtiger! Wie aus einem schwarzen Füllhorn geschüttet!

Der Müller, der Schmied ... die anderen hatte er vergessen.

Jemand hatte einmal behauptet, Massenmörder mordeten immer weiter, weil sie es darauf anlegten, gefasst zu werden. Kein schlechter Anlass, den Täter zu stellen. Aber davon abgesehen, hatte Richter Hartmann in Wien also tatsächlich recht mit seinem Unken. Es gab etwas Vertracktes in dieser Gegend!

Terese sah ihn mit wachsamen Augen an. »Im Dorf denken sie, der Mörder sei ein reicher Herr aus Clerf, einer, der eingesperrt gehört. Er laufe nur frei herum, weil seine Familie ihn schütze. Im Schloss und in der Abtei aber verriegeln sie nachts alle Türen, weil sie Angst vor den Bauern haben. Für die sind wir brutale, grobe Klötze. Nicht besser als das Vieh.« Die Flecken in ihrem Gesicht wurden größer.

»Blödsinn! Dienstnehmergeschwätz!«, schnaubte Dölner. »Proletarier-Unsinn!« Er schlug auf sein rheumatisches Knie, als sei das das Problem, das es zu bewältigen galt. »Verrate sie mir nur eins, warum hat bis jetzt noch niemand von dieser Tötungsserie gehört?«

Terese hob die Schultern. »Die Garnison hat seit Monaten nichts anderes getan als Suchen, Schnüffeln, Verdächtigen.« Sie sah zur Seite, als erinnere sie sich an etwas Unangenehmes.

Hm! Das Mädchen war jedenfalls konsequent in ihren Aussagen. Dann aber waren die Leute hier mit einem ernsthaften Dilemma konfrontiert. Ein Massenmörder, der noch immer frei herumlief, zum Henker! Dölner empfand sogar ein gewisses Bedauern mit dem Volk hier. Eine, zugegeben, sparsame Anteilnahme! Und die Geschichte von der Garnison stimmte ihn sehr nachdenklich.

»Die Garnison also auch ... *Sacrebleu!* Derjenige, der seine vorlaute Nase in diese Geschichte steckt, riskiert aber eine ganze Menge!«, formulierte Dölner bedächtig.

Das Mädchen schüttelte den Kopf, fast gleichzeitig nickte sie. Diesmal lachte Dölner amüsiert. »Na also! Haken wir's dann ab!« Es war das einzig Vernünftige. Das Einzige, was Sinn ergab!

Trotzdem ... Eine solche Geschichte könnte Suiten haben. Ein wirklich dummer Zufall, dass sein Auftrag ihn hierhin verschlagen hatte. Und dieser Bursche ... Er kratzte sich an der Stirn. Die Magd verstand nicht, dass man den Burschen zum Sündenbock gemacht hatte, um etwas viel Wesentlicheres zu verhindern. Dölner hatte feste Vorstellungen, was soziale Schichten betraf. Bestimmte politische, gesellschaftliche Ergebnisse waren nur zu erreichen, wenn man einige unwichtige Schädel einschlug. Jan war eben ein Pechvogel. Und den abhanden gekommenen Koffer brachte die Geschichte auch nicht zurück.

»Der Sekretär wurde auf dieselbe Weise umgebracht wie die andern?« Dölner blickte sie inquisitorisch an.

»Wirklich nicht. Oh nein.« Sie lachte kurz. Sie zeigte kleine, spitze Zähne, wenn sie lachte.

»Ah.« Er wischte die kalten, feuchten Hände an der Hose ab, nahm dem Mädchen den Weinbecher aus der Hand und nippte daran. »Die anderen wurden nicht erdolcht? Was dann? Im Interesse der Ermittlungen schlage ich aber vor, das Erfinden von Märchen oder anderen Geschichten zu unterlassen. Sie könnte sich damit große Schwierigkeiten einhandeln. Der Kommissar versteht kein einziges Wort von dem, was sie sagt.« Ostentativ gähnend schlurfte er in die Ecke und ließ sich mit dem Becher in der Hand auf seinem Bett nieder.

Terese lief auf und ab, murmelte undeutliche Worte vor sich hin. »Jan war es nicht. Er ist nicht so.« Sie ballte ihre Hände zu Fäusten und versteckte sie dann unter der Schürze.

Dölners Nacken tat weh, als er versuchte, ihren Gesichtsausdruck zu studieren. War sie sich nicht sicher? Hatte sie doch Zweifel, was ihren Jan anging? Mangels etwas Besserem nahm er noch einen Schluck Wein und ließ ihn behutsam im Munde kreisen. Er musste sich bedeckt halten. Stabilere Karrieren als seine waren auf diese Weise schon ruiniert worden.

Die Spannung in der Luft war fast greifbar. Was sollte er tun mit dieser aufgebrachten Magd? Konnte sie ihm gefährlich werden? Dölner starrte sie an. In was für eine Geschichte zog sie ihn da hinein?

## 3. Kapitel

*Ein paar Meilen weiter, in einem gepflegten kleinen Park, trat der Rächer einen Schritt zurück, bis er von einem herabhängenden Ast der alten Weide verborgen war. Er zog den Mundschutz höher, schloss die Augen bis auf einen Schlitz. Augen und Zähne waren es, die einen Menschen auf der Lauer am ehesten verrieten, hatte man ihm beigebracht. Ihm hatte man eine Menge beigebracht, von dem die meisten Menschen nie etwas erfuhren.*

*Er beobachtete sein Opfer, das wie üblich nach dem Abendessen im schwachen Schein der Fackel auf und ab marschierte. Die hohe, fliehende Stirn, die hochmütige Nase, der fleischige Nacken ... Im Dunkeln blitzte es manchmal auf. Der Kerl trug eine Kette um den Hals sowie an jeder Hand einen dicken Ring. Ein eitler Pfau! Stolz und Hochmut seien Teufels Werk, war sein Leitwort. Mit aller Strenge sollte man sie bekämpfen.*

*Der Rächer wollte, dass dieser Pharisäer eine Vorahnung bekam von dem, was ihn erwartete. Schlottern vor Angst sollte er. Die anderen Opfer waren zwar qualvoll, aber plötzlich gestorben. Sie waren unwissend und dumm gewesen. Dieser hier besaß Verstand und Bildung. Seine Strafe sollte erheblich größer sein. Er sollte begreifen, was ihm bevorstand.*

*Der Rächer ließ den Ast vorschnellen, sammelte dann die Luft in seinen Lungen und stieß einen dumpfen Laut aus, der klang wie das Heulen eines hungrigen Wolfs. Breit grinsend sah er, wie die Tür mit einem Knall zuschlug.*

* * *

Dölner fühlte sich unbehaglich. Er hatte sich des Öfteren an Orten befunden, die ihm nicht geheuer waren. Und jetzt stand er in einer Stelle, die fast wörtlich den düsteren Beschreibungen des Prälaten entsprach, wenn dieser sich die Hölle der Verdammten vornahm. Mit einer Magd! Er musste sich den Diskurs einer ungebildeten Bauernmagd anhören, deren Prophezeiungen ihm kalte Schauer über den Rücken jagten! Der Sinn eines Einmischens seinerseits in ein Lokalproblem erschloss sich ihm immer noch nicht.

Er rieb seine Augen, nickte knapp. »Sehr bedauerlich, diese Geschichte. Aber sie soll sich nicht echauffieren! Die Morde sind die Angelegenheit des Gouverneurs. Sie soll auch mit dem Meier reden. Der Meier ist für die Justiz verantwortlich. Der ehrenwerte Postmeister ...«, setzte er etwas lahm hinzu. Ein Meier wurde vom Gouverneur ernannt, nahm er an.

Er sah das Mädchen tröstend an. »Das Leben ist halt so. Mal geht es rauf, mal runter.«

Seine Besucherin blickte zu Boden. Es war offensichtlich, dass sie mit sich kämpfte. Dann begann sie wieder auf und ab zu laufen. Vom Kamin zur Tür, um den Koffer herum und wieder zur Tür, wobei ihr blauer Rock mit den roten Streifen um sie schwang. Ein bunter Kreisel, der sich drehte. Es hatte ganz den Anschein, als habe sie noch einen Trumpf im Ärmel.

Dölner stand auf. Vorsorglich rückte er das Tintenfass mit der langen, gelblichen Gänsefeder hinter das dicke Glanzpapier mit seinen Initialen, das er immer auf seinen amtlichen Reisen mitnahm, und stellte sich schützend davor.

Das Mädchen blieb jetzt stehen und lächelte mit schmalen Lippen. Sie hatte einen neuen, harten Unterton in ihrer Stimme, als sie sagte: »Der Herr soll sich besser ins Zeug legen, wenn er versteht, was ich meine. Jan weiß nämlich, wo die Valisette mit den Dokumenten ist. Alle sagen, es sei wertloses Zeug. Aber es ist das, was der Herr Gesandte sucht.«

»Die Velleyze? Der Koffer?« Nicht ganz überzeugt zeigte Dölner auf seine Riesenbagage. »So ein Koffer?«

»Ja. Der verlorene Koffer, den der Kurier transportierte. Der Kurier war nach dem Unfall sofort tot. Durch das Hochwasser rutschte die Brücke ab. Auch das Pferd wurde getötet.«

»Aber ...« Dölner steckte die Hände in die Taschen. Er musste seine Erregung verbergen. Seine Aufgabe war, den Koffer zu finden, die Dokumente sicherzustellen. Zum Teufel noch mal, wenn es stimmte, dass der Koffer gesichert war, hatte er damit seine Pflicht bereits getan. Er könnte ruhigen Gewissens auf dem schnellsten Weg nach Wien zurück.

Dölner glättete seine Manschette. Gar nicht dumm, das Mädchen. Sie musste ihm etwas bieten, damit er sich für ihren Kerl einsetzte. Sie hatte ihm den Kurierkoffer geboten. Wahrlich ein Angebot von Wert!

Zuerst aber sollte er sich vergewissern, dass die Magd ihn nicht zum Besten hielt.

»Ich muss sagen, sie hat eine außerordentlich rege Phantasie. Ein weiterer Mord? Und diesmal der Kurier?« Er bückte sich und hob den Schürhaken auf. »Das klingt leider alles sehr mysteriös. Hätte sie wie der Kommissär das kriminalistische Handwerk erlernt, würde sie Unglaubwürdigkeiten nicht so ohne Weiteres schlucken. Kann es sein, hm ... dass sie lügt?« Er wiegte den Feuerhaken in der Hand. Wenn es stimmte, hatte er nicht übel Lust ...

»Es war ein Unfall. Der Meier hat es auch gesehen«, sagte sie verächtlich. »Er war mit ... mit Jan wegen eines Pferdekaufs an der Our, und an der Furt sahen sie, wie es passierte. Den Koffer haben sie sichergestellt.« Ihr Blick war voller Missbilligung und Abneigung. »Ich hab's dem Herrn gesagt!«

»Der Postmeister wusste davon? Er war Zeuge? Er hätte die Papiere durch einen Boten nach Wien schicken können.« Dölner fühlte sich an eine Posse erinnert. Warum hatte man ihm diese beschwerliche Reise nicht erspart? *»Une farce!«*, murmelte er.

Das Mädchen bewegte den Kopf kaum merklich.

Dölners Hand krallte sich um den Feuerhaken. »Ich wurde delegiert, offizielle Unterlagen sicherzustellen. Beim Unfall des Kuriers seien sie verschwunden. Und jetzt erzählt man mir, die Dokumente seien längst in Sicherheit. Manipulation, Betrug nenne ich das.«

In dem engen Raum war kaum Platz für die spärlichen Möbel und seine Gepäckstücke, aber der Legat marschierte jetzt auf und ab. Seine Gedanken jagten in seinem Kopf umher. Sie hüpften von einer Idee auf die andere, stellten Hypothesen und Vermutungen auf. Natürlich war er erleichtert, dass die Postsache ein Unfall war – es entkräftete die Verschwörungstheorie –, aber dass man ihn für dumm verkaufte, gefiel ihm nicht. Und alles wegen eines verdammten Unfalls und eines unbequemen Koffers, den man zur Seite geschafft hatte. Eine grobe Fahrlässigkeit zwar, aber kein diplomatischer Zwischenfall! Und gewiss keine Staatsangelegenheit.

Der Kommissar wollte sich auf sein Knie schlagen, aber seine Hand blieb in der Luft hängen. Jetzt mal halt! Jetzt mal langsam mit den jungen Pferden! Seine Finger zitterten, er hatte Mühe, seinen Herzschlag zu beruhigen. Es ging gar nicht um den Koffer. Der Koffer war eine Postaffäre. Eine ausländische Affäre. Und Ausländerkram interessierte das Dorf nicht. Allein die Morde vor Ort waren das Problem. Mit den Morden bekam die Sache eine andere Nase.

Dölner hielt fast zischend die Luft an. Ein Geistesgestörter machte die Gegend unsicher. Es gab schon sechs Tote. Sechs Tote in kurzer Zeit in einem kleinen Ardennendorf!

Man hatte die Garnison angefordert. Das Ansuchen um Hilfe war ein Zeichen, dass die Morde einen empfindlichen Nerv getroffen hatten. Was sich dahinter verbarg, war reine Panik. Und Panik in Zeiten wie diesen bedeutete ...

Jetzt schlug Dölner auf sein knorriges Knie. Manchmal glaubte er, die okkulte Begabung seiner ungarischen Großmutter geerbt zu haben.

Hinter diesen Toten wuchsen furchteinflößende Schatten. Die Bauernkriege waren nicht so lange her. In Zeiten wie diesen genügte ein Funken, um das Pulverfass in Brand zu stecken. Religiöser Fanatismus, Hexenjagden lauerten. Ein Täter aus der Oberschicht ... Nicht auszudenken! Ein Mörder aus dem Gesindel? Auch dafür würde man klare Beweise vorlegen müssen.

Deshalb auch die Beratung im Hinterzimmer. Es war eine Krisensitzung. Man wollte keinen Fehler machen. Dieses Dorf war ein Pulverfass, und die Lunte war schon gezündet. In einem kleinen Land wie diesem musste der Knall der Explosion weit tragen und wie ein Donnerschlag schallen.

Seiner nagenden Unruhe zum Trotz beschloss Dölner, sich zuerst einmal abwartend zu verhalten. Trotz der angezeigten Probleme und der Wut, die ihm fast den Hals zuschnürte. Mit Hexenjagden hatte er sich nie abgegeben. Das lag ihm nicht. Er war nicht perfide. Aber niemand behandelte ihn ungestraft so! Einen kaiserlichen Hofrat beleidigte man nicht. Das hätte er am liebsten laut in dieses verdammte Kuhdorf hinaus geschrien.

Zu seiner beträchtlichen Erleichterung hatte das Mädchen keine Notiz von seiner Empörung genommen und war in eigene Betrachtungen versunken.

Dölner trat vor sie hin. »Der Unfall des Kuriers war ein richtiger Glückstreffer, wie? Man lässt den Koffer verschwinden und ordert einen hochrangigen Kommissar aus dem Ausland herbei.« Er lachte kurz, deutete ungehalten auf seine Brust. »Ihr brauchtet einen unbeteiligten Zeugen. Für diese Gräueltaten? Ist es so?«

Terese antwortete nicht. Sie hatte sich bei Dölners Diskurs gegen die Wand gedrückt, sah unsicher und verängstigt aus wie ein junges Kaninchen in der Falle.

Dieses Volk! Im Intrigieren waren die Leute ganz groß, das musste man ihnen lassen. Arrogant waren sie noch dazu. Aber ihrem Meier ging jedes Gespür für Schicklichkeit ab.

Der Postmeister hatte keinen Flair.

Hofrat Dölner seufzte und bekam einen leicht glänzenden Blick. Wo war sein Komfort? Wo war der Spucknapf? Der Paravent? Etwas Bequemlichkeit hätte den Kommissar wohlwollender stimmen können.

Er kicherte plötzlich vor sich hin. Trotz allem liebte er Situationen wie diese. Ein verliebtes Mädchen wirft dem

Meier einen Knüppel zwischen die Beine. »*Une farce, mais avec des rebondissements!*« Er lachte wieder.

Sein hartnäckiger junger Gast machte eine kleine, steife Bewegung mit der Hand. »Der Herr soll darüber nicht lachen. Das gehört sich nicht.«

»O lala!« Die Welt war einfach unglaublich! Dölner, eine Figur auf einem Spielbrett!

Terese bekreuzigte sich. »Die Bauern haben Weihwasser in Behältern an der Tür hängen. Sie reden vom Teufel. Sie flüstern und tuscheln.« Sie presste die Hand auf den Mund. »Sie denken, die Morde seien eine Strafe.«

Das ging Dölner dann doch zu weit. »Eine Strafe? Was fabuliert sie da?« Verärgert rückte er den Holzstapel neben dem Kamin mit dem Fuß zur Seite. Ein neues Indiz, diese Straftheorie? Hatten die Bauersleute eine Untat begangen und jemand im Dorf nahm Rache? Tötete einen nach dem anderen, weil er annahm, seiner Person sei Unrecht geschehen? Dann musste Dölner einen Schlüsselhinweis verpasst haben. Keiner der Professionisten in Wien hatte eine Andeutung über eine Verschwörung gemacht. Waren sie wirklich nicht im Bilde?

Das Mädchen stieß einen kleinen Seufzer aus. Ihr Mund war zusammengekniffen. »Sie sagen, Jan sei ein Unseliger. Sie wollen ihn jagen und einen Preis auf seinen Kopf setzen. Als wäre er ein Wolf.« Sie war seiner lästigen Frage ausgewichen.

»Die Leute sagen egal was. Das heißt nicht, dass sie ihre Worte in die Tat umsetzen.« Dölner ging auf und ab, murrend und brummelnd wie ein brünstiger Ochsenfrosch, blieb dann vor Terese stehen. Ungläubig hob er eine Augenbraue. »Dumm ist sie wohl auch noch? Oder will sie mir weismachen, der Pöbel hätte nach all diesen Monaten, nach sechs oder sieben Morden, keine Ahnung, wer der brutale Täter ist? Das kann ich ihr nicht abnehmen.« Er schnippte mit den Fingern. »Schnickschnack nenne ich das.« Schnickschnack. Das Wort gefiel ihm.

Terese warf Dölner einen Blick zu, schaute dann wieder weg. Plötzlich sagte sie: »Es war an einem Abend im Juli, wir hatten eine Menge Arbeit, mehrere Kutschen waren gleichzeitig angekommen, die Reisenden wollten essen, und ihre Zimmer mussten hergerichtet werden. Es war schon fast Mitternacht, als ich endlich nach Hause gehen konnte. Der Mond war voll, und man sah alles wie am hellen Tag. Als ich am Brunnen vorbeikam, war er ... war einer der Kutscher dabei, seinen Kittel zu waschen. Auf einem Ärmel war Blut und er sagte, er habe ein Wildschwein getötet. Aber der Seigneur ist in letzter Zeit besonders streng gegen Wilderer. Sie werden gleich geköpft oder zum Strang verurteilt. Niemand traut sich noch zu jagen, und in letzter Zeit traut sich auch keiner mehr, in der Dunkelheit in den Wald zu gehen.«

»Und da hat sie sich ihre Gedanken gemacht, wie? Wer war der Bursche?«

Sie sah zur Seite. »Es war einer der Hilfskutscher. Die helfen beim Verladen der Koffer und kümmern sich um die Reisenden. Ich kenne ihn nicht, und ich habe ihn später nie mehr gesehen.« Sie schluckte und lachte befangen. »Und das vom Wildern konnte er ja nicht wissen.«

Dölner runzelte die Stirn. »Ah ja? Konnte er das nicht? Was soll man da glauben und was nicht?« Das Pack musste sich gut aufs Plündern und Wildern verstehen. Das Pack schlug sich immer wacker durch. Ob es die gottgegebene Ordnung störte oder nicht!

Im Grunde und unter gewissen Voraussetzungen hatte Dölner nichts gegen Wilderer und Plünderer. Ihm fiel die Ballade eines Moritatensängers ein, dessen fünfzig Strophen alle von Jagd, Raubzügen und Kampfspielen handelten. Die Helden waren Ritter und Jäger, anders gesagt: Räuber und Banditen, die nach Kriegen oder aufwendigen Turnieren vom König und seinen Damen geehrt wurden. Dölner schmunzelte etwas bei seinem Vergleich, nahm sich aber vor, in Zukunft rebellische Gedanken, die ihn gelegentlich heimsuchten, zu unterlassen.

Beklommen hatte Terese Dölners Kampf mit seinem Gewissen verfolgt und wandte sich ab.

Der Kommissar zog umständlich ein Tuch aus der Hosentasche und putzte sich die Nase. »Als Legat würde ich mir wünschen, die Geschichten hätten sich zugetragen, wie man es mir berichtet, als Realist ...« Er hob eine schlaffe Hand. »Als Realist finde ich das ziemlich unwahrscheinlich.«

Es war still. In der Ferne stieß ein Nachtvogel einen heiseren Schrei aus. Der flackernde Schein einer sich im Hof bewegenden Laterne strich über das Fensterbrett. Das Mädchen blickte zu Boden. In ihrem Ausschnitt steckte ein getrockneter Strauß weißer Margeriten, blauer Kornblumen, Klatschmohn, dessen Parfüm sich mit dem frischen Zitronenduft vermischte, den sie zu ihrer Erfrischung benutzt hatte. Sie schien ein ehrliches, sauberes kleines Ding zu sein. Das Ziel aber, das sie sich vorgenommen hatte – den Autoritären im Alleingang zu trotzen ...

Dölner stieß eine halblaute Verwünschung aus. »Sie denkt, wenn sie sagt: ›Spring!‹, wird der Trottel springen. Kann aber gut sein, dass der alte Mann sich bei dieser Übung ein Bein bricht, wie ..?« Er dachte jetzt nicht mehr an die beschwerliche Reise oder das scheußliche Wetter. Er wollte nur weg. Seine Sinne vibrierten wie die Tastfühler einer Schnecke.

Terese schnaufte genervt.

Dölner musterte ihr verräterisches Augenlid, wartete auf ein weiteres Zucken, um eventuelle Attacken ihrer Hand rechtzeitig abzufangen. Dann runzelte er die Stirn: »Je länger der Kommissar nachdenkt, desto auffälliger wird ihm klar, dass an diesem Ort ein riesiges Spinnennetz geknüpft wird. In der Mitte der Meier, der sabbernd seine fette Beute, den gut meinenden, arglosen Kommissar Dölner belauert. Ein teilweise sehr ungemütlicher Gedanke.«

Terese schloss die Augen. »Klaus glaubte daran ...«, sagte sie plötzlich.

»He?«

»Klaus glaubte fest an das Monster. Er bibberte vor Angst. Ausgerechnet Klaus!« Sie zuckte die Achseln.

»Sehr aufschlussreich«, knurrte der Kommissar.

»Jeannot meinte, ein Monster sei Quatsch. Er selbst wisse, wer der Mörder sei, verstehe nur nicht, warum dieser Bert umgebracht habe. Nur einem Idioten konnte es einfallen, einen Burschen wie Bert zu töten.«

»Bert! Soso. Und Klaus und Jeannot ...«, sagte Dölner. »Auch Aloyse?«

»Ja.«

Im Hof wieherte ein Pferd. Jemand beruhigte das schnaubende Tier mit kurzen Zischlauten und verriegelte das Tor. Das Geräusch der stampfenden Hufe auf dem Boden hallte noch eine Weile, nachdem das Pferd schon im Stall war, von den Mauern der Station wider. Wie ein Ball, der rhythmisch federnd von einer Seite zur anderen sprang.

Fast triumphierend zog Dölner die Brauen hoch. In einer kleinen Gemeinde blieben Geheimnisse nicht lange verborgen. Die Häuser waren so eng gebaut, dass man alles hörte. Und bei Gefahr rückten die Bauern eng zusammen und mauerten. Einem Außenstehenden würde es nicht gelingen, sie zum Reden zu bringen. Hier aber hätte der Ermittler eine Verbündete gefunden. Eine Komplizin, die eigene Ziele verfolgte.

»Eine Torheit wäre es. Eine unverzeihliche Torheit«, brummte er. Er hob die Kerze und beleuchtete eine besonders dunkle Ecke in seinem Zimmer. »Was zum Henker? Und weitere bravouröse Erpressungen kann sie sich von nun an ruhig sparen.«

Er stellte die Kerze nieder, stöberte in der Ecke den Kadaver einer Maus auf, die ihr Leben schon vor geraumer Zeit gelassen hatte, und warf den vertrockneten Nager mit spitzen Fingern wie eine Trophäe ins Feuer. Er brummte etwas Unverständliches, schnupperte, aber sein neues Duftwasser ließ fremde Düfte nur verzerrt durch.

Terese schwieg noch immer.

Dölner stocherte in der zischenden Glut, rüttelte am Grillrost. Die Hitze stieg ihm ins Gesicht, und er wischte sich die Stirn. »Hat man das Umfeld der Opfer gründlich überprüft? Hatten sie Schulden, Abhängigkeiten, Verpflichtungen? Was waren ihre Gepflogenheiten?« Mit inquisitorischer Miene musterte der Hofrat seine Besucherin. »Hat man die Angehörigen verhört? Den alten Müller, die Leute vom Schmied ... Und hat man euch nicht beigebracht, dass es ein Verstoß gegen die Sitte und ein Sakrileg ist, wenn Kadaver in einer Ecke verscharrt statt in der Erde bestattet werden?«

Sie starrte ihn an. Dann sagte sie: »Die Ermordeten haben nichts getan. Sie sind die Opfer. Und sie sind tot.«

»Ich sehe schon.« Dölner biss die Zähne zusammen. Es würde schwierig werden. Die Leute hier hatten keine Ahnung. Ungebildet und stumpfsinnig wie die Tiere! Er hatte sich aber oft gefragt, ob die Ignoranz des Pöbels nicht eine bequeme Wahl war. Bequem und ichbezogen! Das Pack war schlau, ließ Dümmere die Arbeit für sich tun, übergab ihnen die Verantwortung.

Und warum hatte man nicht die hauptstädtischen Instanzen eingeschaltet, selbst wenn diese schon, wie Hinz und Kunz wussten, ihre liebe Mühe mit den Niederländern und der französischen Ausdehnungspolitik hatten? Dölner, der sich wieder gesetzt hatte, fragte sich, auf was für Kadaver er noch stoßen würde. Er lehnte seinen Rücken an den harten Bettpfosten und zermarterte sich das Gehirn nach einer plausiblen Erklärung.

Aber wie konnte er folgerichtiges Denken bei Leuten voraussetzen, die nie ein Buch von Rabelais gelesen oder Vorlesungen über Tacitus bei Professor Doktor Hieronymus belegt hatten? Logik, Teufel! Die Vorgehensweise dieser Bauern war von ursprünglicher Verhaltensweise geprägt, von Brauch, Tradition, – immer unter der Kuratel der Kirche. Besitz ansammeln: Äcker, Felder, Goldstücke in den Säckel packen ... Und der Täter handelte fast sicher unter ähnlichem Zwang. Getrieben von seiner Wut und den Rachegedanken. Immer mit der Angst im Nacken, sich etwas einzufangen – einen Prozess, den Scheiterhaufen.

Plötzlich hielt Dölner inne. Konnte es sein, dass die Spanier ihre Intrigen in den Ardennen weitergesponnen hatten? Versuchte ihr schwächlicher König, seine schwindende Macht von hier aus aufzurichten?

Dölner war kein Prophet. Um politische Affären aufzuklären, sah er aber möglicherweise ein Fünkchen Hoffnung in einer der okkulten Wissenschaften – der Handlesekunst, der Wahrsagerei, der Geisterbeschwörung. Seufzend verlagerte er seine Position. Das Gewicht seiner Schultern schien ihn nach vorn zu ziehen. Ansonsten ... *terra incognita!*

# 4. Kapitel

*Tilly nähte einen letzten Stich an ihrer neuen Bluse. Sie hielt sie vor sich hin und musterte sich im Fenster, wobei sie sich um ihre Schulter drehte. Das Grün der Seide schimmerte matt und verführerisch. Die Bluse machte sie älter als ihre knapp 15 Jahre. Sogar dem weltgewandten Georg Thillen würde sie damit gefallen. Sogar Georg.*

*Die Meierin hatte die Bluse vor zwei Jahren in Paris gekauft. Sie war sündhaft teuer gewesen, aber der Ausschnitt war zu tief, und die Farbe stand der rothaarigen Postmeisterin nicht. Sie hatte die Bluse Vally zu ihrem Geburtstag geschenkt. Vally war ja ihr Liebling. Vally sei so geschickt im Sticken. Eine wahre Künstlerin sei sie. Und noch und noch ... Dabei war Vally auch nur die Tochter und die Schwester eines Schmiedes. Sie war nicht besser als Tilly, die einen Taglöhner zum Bruder hatte.*

*Vally hatte die Bluse nie getragen, und jetzt hatte ihre Mutter, die Schmiedin, sie an Tilly weitergegeben. Tilly musste sich dafür nur den ganzen Winter um den verflixten Ziegenbock der Schmiede kümmern. Tilly hatte zugesagt. Sie wusste, dass sie kaum den Winter über hier bleiben würde.*

*Denn die Gefahr kam immer näher. Bis jetzt hatte »er« sich nur an Männer gehalten, aber das musste so nicht bleiben. Tilly fragte sich, inwieweit die andern im Dorf etwas ahnten und die Augen verschlossen? Inwieweit sie Bescheid wussten? Die Schmiedin wusste einiges, da war Tilly sich sicher. Aber wer noch?*

*Tilly musste weg. Sie wusste, wer ihr dabei helfen würde. Dass ihr Vorhaben gefährlich und riskant war, machte es umso span-*

*nender. Und wenn der Plan nicht funktionieren sollte, blieb immer noch der Bauer. Eine neue Seidenbluse würde in jedem Fall nützlich sein.*

* * *

Inzwischen war die Nacht weit fortgeschritten, und der Kommissar war seit mehr als fünfzehn Stunden auf den Beinen. Er fragte sich, warum das Mädchen noch immer herumhing. Sie schien auf etwas zu warten.

Fröstelnd nahm er erneut seinen Platz vor der Feuerstelle ein, die noch immer eine angenehme Hitze verströmte. »Sie sagt, die Leute mögen ihren Burschen nicht?«

»Sie verstehen ihn nicht.« Sie trat von einem Fuß auf den anderen. »Jan kümmert sich nicht um ihre blöden Regeln, und das verübeln sie ihm. Er ist ein Künstler. Ohne diesen Koffer ...« Sie schluckte.

Ohne diesen Koffer hätte Jan sich längst absetzen müssen. Der Koffer war sein einziger Trumpf. Eine Velleyze, die wohl geborgen an einem Ort lag, der sicher komfortabler war als Dölners Zimmer. Er beschloss, dem guten Antonius gleich drei kunstvoll gedrehte Kerzen anzuzünden. Und drei Kerzen wären keine zu viel.

Der Koffer war aber auch das Druckmittel, das der Meier einsetzen würde. Und an diesen Kerl konnte der Kommissar seit Tereses Enträtselungen nur noch mit zusammengebissenen Zähnen denken.

Dölners Gedanken wurden vage, taumelten in eine andere Richtung: Der Wein, der ihm zu Kopf gestiegen war, gaukelte ihm Bilder von einer grauen Menge vor – Männlein und Weiblein in Kappen und Hauben ungewohnt fremder

Machart, die ihn aufdringlich fordernd anstarrten. Bilder, die seinen empfindlichen Magen mehr und mehr belasteten. Verflucht! Er begann, Verantwortung zu spüren. Sein soziales Gewissen setzte ihm zu. Und das wollte er nicht. Verpflichtungen hatte er nie übernehmen wollen. War ihnen immer schlau ausgewichen.

Der Kommissar riss sich zusammen und rülpste. Der Wein hatte einen bitteren Nachgeschmack. »Wo ist der Bursche? Es ist kalt. Er braucht einen Unterschlupf.«

Das Mädchen sah zur Seite. »Ich weiß es nicht. Wenn ich es sage. Es ist so.«

Lügen waren nicht ihre Stärke. Sie wusste, wo ihr Kerl war. Dölner las es in ihrem Bemühen, ihn nicht anzusehen. Ihr Blick schien am Boden zu kleben.

Dölner stellte sich vor, dass der Junge vor Angst zitternd in einem ungemütlichen Versteck saß. Hilflos, allein. Dachten diese Idioten etwa, dass er mit einer Laterne durch das Oesling zog und finstere Rachepläne gegen die Dorfgemeinschaft oder die Vertreter der Gesellschaft schmiedete?

»Der Johann kann nicht weit sein. Hat er ein Pferd?«

Sie nickte. »Einen Ardenner! Den alten Hasso. Er muss ja oft nach Clerf und Monterey. Für den Abt«, setzte sie stolz hinzu.

Ein Künstler! Frei wie ein Vogel im Wind! Jetzt aber gejagt wie ein wildes Tier! Das Halali hatte man schon von allen Seiten geblasen. Aber Terese würde den Burschen mit Zähnen und Klauen verteidigen. Sie hatte den Mut und das Durchhaltevermögen dazu. Dölner warf ihr einen schiefen Blick zu. Er rieb seine Nasenspitze. Konnte es sein, dass Jan dieser Wilderer war? Bei Gelegenheit musste er das mit Terese klären. Aber behutsam musste er vorgehen.

»Jan hat ein Pferd. Das ist gut!« Sie lauschten wieder dem Schrei des verflixten Nachtvogels. Es war zugig, und der Wind rüttelte an den lockeren Dachschindeln. Weit weg bellte ein Hund.

Terese zog plötzlich die Brauen zusammen, ging zur Tür, öffnete sie und sah hinaus. Stimmengewirr, das Geräusch von Stühlerücken drang aus dem Erdgeschoss zu ihnen herauf. Die Beratung im Hinterzimmer war zu Ende.

Das Scheppern eines Metalleimers, das durch den Hof hallte, zeigte, dass Pferde an den Brunnen geführt wurden. Die Stallburschen gaben beschwichtigende Laute von sich, um ihre lebhaften, ausgeruhten Vierbeiner zu beruhigen. Man wollte die Wagen einspannen.

Terese schnaubte. »Sie bleiben nicht. Nicht mal eine Nacht! Sie fahren zu ihrem sicheren Zuhause. Um sie heim zu geleiten, haben sie bewaffnete Leute im Dorfeingang stationiert.« Wütend stampfte sie mit dem Fuß auf. »Uns lassen sie hier!«

»Tja.« Als hätte es eine andere Möglichkeit gegeben!

»Aber das kann der Herr nicht wissen. Von unseren Angelegenheiten hat man ihm ja alles verschwiegen«, biss sie ihm hin.

Dölner presste die Lippen zusammen. Der enge Raum machte ihm zu schaffen. Überall standen Möbel und Gegenstände herum. Der Bewegungsmangel bedrückte ihn. Auf dem Boden lag seine Akte mit den Geheimdokumenten, in denen unter anderem seine weitere Vorgehensweise zu Papier gebracht war. Auf einem Begleitschreiben stand, man bitte um Diskretion. Voller Abscheu betrachtete er die Mappe. Geheim, heiliger Andreas! Sogar eine Magd war besser im Bild als er!

Früher, vor ein paar Generationen nur, hätte man den Altenrat zusammengerufen. Das Gottesurteil hätte entschieden. Heute würde der Kommissar die Verantwortung allein tragen müssen.

Er wünschte, die Zeit zurückdrehen zu können. Er wünschte, er hätte diesen Jeannot befragen können. Aber auch Jeannot war ermordet worden!

Plötzlich ein schlurfendes Geräusch im Flur! Alarmiert sah Dölner seine Besucherin an. Diese fuhr zusammen und riss die Tür auf.

Eine füllige, gemütliche Frau mit einem dunklen Haarknoten im Nacken, aus dem ein paar graue Strähnen heraushingen, machte sich vor ihrer Tür an einem Bettsack zu schaffen. Sie sah erstaunt auf. »Hier steckst du also, Trèisy. Dein Vater hat dich überall gesucht. Er brauchte Hilfe bei seiner Kuh. Das erste Kalb! Fränz ist beunruhigt.« Sie zwinkerte dem Kommissar zu.

Terese machte eine abwehrende Bewegung.

Dölner sah sie an. Zum ersten Mal ging ihm auf, dass diese lästige Terese eine Familie hinter sich hatte.

Die Frau machte einen ungeschickten, verspäteten Knicks vor dem Kommissar, zupfte an ihrem schwarzen Kittel und hob die Schultern. »Keine Angst! Ich hab ihm gesagt, sie müssten wohl ohne dich zurechtkommen. Dass Georg nicht einspringen kann, ist klar. Mit seinen schweren Verletzungen! Schlimm, was man dem armen Kerl alles angetan hat! Mich hat's gegruselt! Aber es gibt ja Nachbarn.« Sie kicherte. »Und das gute Mädchen wird es jetzt auch ohne Hilfe geschafft haben.« Sie machte eine neue Höflichkeitsbezeugung, wandte sich ab und schleppte das Bettzeug weiter den Gang hinunter.

Terese ging ihr nach und half die Decken in ein Zimmer am Ende des Korridors zu schaffen. Sie kicherten und flüsterten miteinander. Es war die Normalität.

Dölner hob eine Augenbraue und sah vor sich hin. Es gefiel ihm nicht, dass das Volk hier ein Gesicht bekam und er gegen seinen Willen mehr und mehr in das Dorfgeschehen einbezogen wurde. Das gefiel ihm wahrhaftig nicht.

Vom Hof kamen weitere Geräusche. Dölner riss das Fenster auf. Das Fackellicht im Hof qualmte. Eine gedrungene, knorrige Gestalt, die den Kommissar an seinen Fährmann erinnerte, hantierte mit einem Pferdewagen, während mehrere Stallknechte eine weitere Kutsche aus dem Stall zogen und die ungeduldigen Pferde schnaubten und mit den Hufen stampften. An der geöffneten Stalltür schaukelte eine Laterne im Wind.

Unter dem Fenster wurden Stimmen laut. Dölner lehnte sich hinaus und hielt sich dabei vorsichtig an einer am Fenster entlang kletternden Weinrebe fest. Die Stimmen wurden deutlicher. »Denkst du, er wird es tun?«

»Wenn nicht, werden wir ihm das Flohlied spielen, diesem Mehlspeis!«

Gekicher.

»Oder er kriegt türkischen Honig!«, schlug ein anderer vor. »Sieger über die Türken, ha! Glück hatten die!«

Man schlug sich lachend auf die Schultern.

Dölner biss die Zähne zusammen, aber das Gespräch war offensichtlich zu Ende.

Einige bis zu der Nasenspitze vermummte Gestalten gingen zu einer schon bereitstehenden Kutsche. Die anderen traten wieder ins Haus. Der Hofrat zog den Kopf ein, blieb aber am Fenster stehen und wandte den Blick nicht von der

Straße. Die Wagenspuren, die die Fuhrwerke im Schlamm hinterlassen hatten, zogen sich wie Schlangenlinien durch die Dorfstraße. Ein paar vereinzelte Schneeflocken, dick wie Wattebäusche, tanzten in der Luft. Bald würde der Winter kommen.

Morgen früh würde er den Postmeister oder dessen Schwiegersohn veranlassen, ihm eine Kutsche nach Paris, Metz oder Brüssel zur Verfügung zu stellen. Er wollte zu Menschen, die er verstehen konnte. Seinen Koffer würde man ihm wohl oder übel aushändigen müssen.

Dölner blieb dann ein paar Minuten still stehen. Er saugte an seinen Zähnen und dachte an die vielen Meilen Wald, die zwischen dieser unwirtlichen Herbstlandschaft und der Zivilisation lagen. Aber ...

Es würde Zeit kosten, und trotzdem: Es dieser Bande zu zeigen, wäre ein Vergnügen! Es könnte vieles gutmachen. In Wien nähme man einen Erfolg mehr als nur zur Kenntnis. Dölner würde diesem Gesindel das Flohlied spielen! Er würde ...

»Es ist ganz ausgeschlossen«, knurrte er dann aber bissig, verschränkte die Arme über der Brust und lauschte gleichzeitig auf das Heulen eines wilden Tieres aus dem nahen Wald.

## 5. Kapitel

*Auch in dem kleinen Hinterzimmer des Posthauses hatte man das Heulen vernommen. Die noch verbliebenen fünf Teilnehmer sahen sich mit zusammengezogenen Brauen an.*

*»Es ist der Hund des Wagners«, sagte der Meier. »Sein Bellen hat einen tiefen Klang. Wumm, bumm. Wie ein Steinschlag. «*

*Der Abt nickte. »Es ist bloß ein Hund«, sagte er dann.*

*Der Gouverneur massierte sein Kinn. »Gut, dass wir die Einfaltspinsel aus Clerf los sind. Dazu die Bauern, die dauernd ihr Scherflein beisteuern mussten! Schöffen, ha! Aber nun sind wir ja unter uns.«*

*Der Meier nickte. »Nur gut, dass der Kommissar aus Wien endlich da ist. Ausstaffiert wie ein Fürst soll er sein. Man erzählt, der Mensch sei gefährlich wie eine Klapperschlange. Mein Schwager, der Gouverneur ...«*

*»Der zukünftige Gouverneur«, wandte der Gouverneur ein.*

*»Ja ja. Mein Schwager sagt, in Brixen hat dieser Dölner einen Fall aufgeklärt, den man schon ins Archiv gelegt hatte. Drei Morde – alles junge Männer! Genau wie bei uns. Ein Schausteller, dem ein junger Korbmacher seinen Hundekarren gestohlen hatte ... Ohne Karren sollte der Händler seine Verkaufserlaubnis verlieren. Im Mordsrausch hat er mehrere junge Handwerksburschen abgemurkst. Niemand als dieser Dölner hat das Motiv erkannt. Er hat den Ermittlern einen wichtigen Rat geben können. In der Gegend soll es ihm viel Ehre und Ruhm eingebracht haben.«*

*»Ein gefährlicher Mann also. Man sagt auch, er habe ein Gewissen. Das könnte ein Problem werden. Wir müssen uns vorsehen.« Der Gouverneur schob seine Perücke zurecht.*

*»Er hat eine militärische Laufbahn hinter sich, sagt man. Mit Waffen muss er sich also auskennen«, pflichtete ihm sein zweiter Adjutant bei. Ein kleiner, rothaariger Mann mit einem leichten Bauchansatz und einem besorgten Gesichtsausdruck. Der Sekretär des Gouverneurs, der seinen Posten erst seit einer knappen Woche innehatte, sah den Gouverneur an und nickte.*

*Dieser rieb seine Nase: »Hm! Das ist natürlich ein heikler Punkt. Vielleicht aber wird der Kommissar Dölner ja annehmen, er habe es mit einer Familienfehde zu tun. Vielleicht glaubt er sogar an das Monster? Aber egal. Er muss nur das Urteil fällen. Das allein zählt.«*

*»Vielleicht wird der Ausländer die Verstrickungen nicht erkennen, weil er unsere Gepflogenheiten nicht versteht«, gab der Adjutant zu bedenken.*

*Der Meier schnaufte. »Vielleicht, vielleicht ... Wer hätte auch geglaubt, dass dieser – ihr wisst schon wer – solch verhängnisvolle Schwächen zeigen würde! Schließlich hatten wir damals noch eine andere Wahl!«*

*»Jeder kann sich mal irren«, brummte der Abt. »Aber angefangen hat es mit der Seuche, sag ich immer. Es war Fügung, dass ganze Zünfte verschwanden. Ein Gottesurteil gegen eine Gotteslästerung!«*

*Der Sekretär runzelte die Stirn und versuchte mit dem stur vor sich hinstarrenden Adjutanten einen Blick zu wechseln.*

*»Der Abt hat eine seiner Visionen«, schnauzte der Meier. »Irgendwie sind diese Spekulationen wie die Samen einer Pusteblume im Wind. Nichts ist bewiesen.«*

*Die anderen nickten zweifelnd.*

*»Noch was anderes! Über die Tilly mach ich mir Sorgen. Sie ist nicht mal fünfzehn, aber vorlaut und frech wie ein Spatz. Auch*

*bekundet sie nicht die geringste Angst. Sollte sie aber. Oder?«, fragte der Meier in die Runde.*

*»Wir könnten sie bewachen lassen«, sagte der Adjutant beflissen.*

*»Unser Monster bringt nur Männer um«, warf der Sekretär ein, sah gleichzeitig aber erschrocken auf den Gouverneur.*

*»Bis jetzt hat er das getan«, sagte dieser. »Bewachen könnte man aber schon einige. Den Jan? Sowie wir seiner habhaft werden. Den Weilerbauer? Auch Florentius? Und noch den einen oder anderen«, setzte er hinzu. Er warf dem Meier einen Blick zu.*

*Niemand schien seinen Einwurf zu verstehen. Die Gesichter der Anwesenden waren undurchdringlich, ausdruckslos.*

*»Florentius soll selbst auf sich aufpassen«, schnaubte der Postmeister. »Aber Ireneusz könnte ihm einen Schnaps gegen Hochmut und Dünkel brauen.«*

*»Wäre nicht schlecht. Sonst noch was? Dann sollten wir diese Sitzung beenden. Ah ja!« Der Abt sah sich fragend im Kreis um. »Kann jemand mir sagen, wieso Georg Thillen schon zurück ist? Er sollte mit diesem niederländischen Tuchhändler in Brüssel verhandeln. Das Leinenzeug kann genauso gut hier aufgezogen werden. Dazu brauchen wir keine Ausländer.«*

*Der Gouverneur hob die Schultern. »Die Niederländer sind unabhängig«, sagte er dann. »Georg kann niemanden überreden, der nicht mitmachen will.«*

*»Warum macht ihr so ein Getue mit Georg Thillen?«, sagte sein Assistent »Um den Kommissar müssen wir uns kümmern!«*

*»Wir sollten Dölner ein Häuschen mit Komfort anbieten, dass ihm das Bleiben nicht so schwer fällt. Das Posthaus ist wirklich eine Zumutung«, pflichtete der Gouverneur bei.*

*Der Meier sah ihn wütend an. Aber bevor er etwas einwenden konnte, hob der Abt die Schultern. »Wir tun wirklich, als hätten wir die fertige Lösung parat. Vielleicht täuschen wir uns ja, und es gibt im Wald tatsächlich ein monströses Unwesen.«*

*Diesmal sagte niemand ein Wort.*

* * *

Im kleinen Posthauszimmer starrte Dölner ins Feuer und hielt den Feuerhaken mit einem fast schmerzhaften Griff. Das Heulen hatte aufgehört. Das Mädchen, das zurückgekommen war und sich neben ihn gestellt hatte, schaute ihn neugierig an. Er brummte: »Ich kann mit dem Meier reden, wenn sie will« Dem Kerl würde er es richtig geben!

Terese warf ihm einen entsetzten Blick zu. Es schien keine gute Idee zu sein.

»Tja, also ...« Er drehte sich um.

»Die Postmeisterin sagt, es ist ein Gespenst«, verkündete sie mit flacher, halblauter Stimme.

»Ein Gespenst?«, wiederholte Dölner bestürzt.

»Es schleicht sich von hinten heran, schlägt die Männer mit einer Eisenstange auf den Kopf und schneidet ihnen die Kehle durch. Sie haben es nicht atmen gehört. Sie hätten sonst nie ...«

»So ein Schmarren.« Dölner musste sich zusammenreißen, um sie nicht zu schütteln, bis ihr die Zähne klapperten und sie endlich Vernunft annahm, diese erpresserische, widerspenstige, kleine Heuchlerin. Mit zusammengezogenen Brauen betrachtete er ihr rundes Gesicht, das feste, vorgestreckte Kinn, die angespannten Wangenmuskeln.

»Wer sagt auch, dass mein Koffer in Sicherheit ist? Der Jan lügt wahrscheinlich, dass die Bretter sich biegen. Ein Geist setzt da allem die Krone auf.«

Dass er sich mit dieser kleinen Erpresserin herumschlagen musste, nur um in den Besitz des vermaledeiten Koffers zu gelangen, war schon ein starkes Stück. Außerdem war noch so manches zu klären mit dem Meier.

Bestimmt war dieser Kerl ein hochgewachsener Mensch, mit breiten Schultern und einem üppigen Haarwuchs. Mit einer römischen Nase und ohne Bauchansatz. Dölner bleckte seine Zähne wie ein angriffslustiges Frettchen.

Terese ignorierte seinen Unmut. Stur fuhr sie fort. »Ehe sie sich zur Wehr setzen können, tut es diese entsetzlichen Dinge. Und noch bevor jemand kommt, ist es verschwunden.« Dunkle Röte stieg ihr in die Stirn, hervorgerufen durch etwas, das nur sie sehen konnte.

»Ach ja! Wieso sollte ein Geist so entsetzliche Dinge tun?« Dölner stellte sich vor die Tür. Um einen Ausbruch von wem auch immer zu verhindern. Oder ein Eindringen! Seine Stimme klang scharf: »Und warum habe ich das Gefühl, dass es Fakten gibt, von denen ich noch nichts weiß?«

Terese schüttelte heftig den Kopf. »Ja, die gibt es, sie wollen aber nicht, dass wir davon reden.«

»Wieso? Und wen meint sie?«

Sie flüsterte: »Weiß er, was ein Kannibale ist?«

»Ein Kannibale? Gütiger Gott«, murmelte er. »Wie kommt sie jetzt darauf?« Was ein Kannibale war, wusste der Kommissar schon – nur wusste das Mädchen es auch? Er musterte die Magd wie ein Insekt, das es gewagt hatte seinen Stachel vorzustrecken.

Sie sagte gepresst: »Alle hatten diese Wunden. Ganz entsetzliche Wunden. Als ob eine Ratte oder ein Wiesel sich durch ihren Körper gefressen hätte. Niemand hat je so was gesehen. Sie kämen von innen, sagte einer der Dragoner vom Besatzungsregiment. Es waren aber keine Bisswunden. Es waren Stichwunden. Bei Aloyse, Jeannot und dem Schmied. Bei Klaus. – Nicht bei dem Sekretär in Monterey«, setzte sie noch hinzu.

Dölner ließ sich auf dem Bett nieder. Er schnaubte. »Stiche? Von innen? Also kann es kein Kannibale sein. Sie soll sich zusammennehmen.«

Eine ganz und gar unglaubwürdige Geschichte! Seit den bestialischen Dienstbotenmorden in den Dreißigern in Prag hatte er von ähnlich grausamen Morden nicht gehört. Der Täter wurde nach drei Jahren durch puren Zufall gefasst. Damals waren viele Köpfe gerollt.

Hier fand er ebenso entsetzliche und unvorstellbare Geschehnisse vor! Nur hatten die Prager Morde viel Staub aufgewirbelt. Wirre Spekulationen und Sensationsmeldungen in den fliegenden Blättern hatten sich gejagt. An jeder Ecke ein Büttel, der die letzten Neuigkeiten bekannt gab … Während man hier einen Deckel auf den Topf gelegt hatte.

Vorkommnisse wie diese hätten das Einschreiten einer ganzen Armee gerechtfertigt. Das halbe Dorf hätte man einkerkern müssen. Dass ein Ort nach all dieser Zeit weder die internationale Presse noch das Gericht eingeschaltet hatte, war einfach nicht fassbar.

Hastig versuchte Dölner, sich eine erträgliche Lösung für die Überfälle einfallen zu lassen. »Hat man den Opfern ihr Säckel gestohlen? Selbst ein Groschen kann für einen Hungrigen den Unterschied zwischen Leben und Tod bedeuten. Raubmorde in Serien hat man öfters.«

»Keiner hatte einen Pfennig bei sich. Woher hätten sie? Auf dem Markt machten sie Tauschhandel.«

»Natürlich.« Trotzdem musste es einen Grund für diese Serienmorde geben! An das Gespenst glaubte Dölner nicht. Jemand mit einer tiefer gehenden Frömmigkeit hätte andere Schlüsse gezogen. Ein Gottesurteil! Sühne, Vergeltung, Buße?

Dass der Täter aus dem nahen Umfeld der Opfer stammen musste, wurde aber immer wahrscheinlicher. Die Opfer, wenigstens die letzten Opfer, waren auf der Hut gewesen! Nur jemand, den niemand verdächtigte, hätte es geschafft sie zu überrumpeln. Jemand, der harmlos und unbescholten wirkte. Gab es mehrere Täter? Du lieber Himmel!

Dölners Grübeln wurde überdeckt von den Geräuschen unten im Hof. Sattelzeug klirrte. Ein Reitknecht schimpfte mit einem widerspenstigen Pferd. Ein falsch eingefügtes Wagenrad knirschte empört. Es musste neu verankert werden. Die meisten Teilnehmer der Sitzung waren abgereist.

Plötzlich sagte Terese, die seit Minuten vor sich hinstarrte: »Eine Bestie aus dem Wald, die man jagen kann, wäre erträglicher. Das andere kann einfach nicht sein.«

Dölner hob eine Augenbraue: »Wenn sie sich den Mörder vorstellt, hat sie jemand Bestimmten im Kopf ? Jemand, der besonders eifrig bei der Suche geholfen hat? Oder gab es jemanden, der betont immer abseits stand?«

»Nein, nein. Natürlich nicht.« Das Mädchen musterte den Kommissar feindselig – fast entsetzt. Was gewisse Punkte anging, war sie äußerst empfindlich. Aber er wusste auch, sie hatte sich ihre Gedanken gemacht.

Er versuchte sich in ihre Person hineinzuversetzen. Seinen Einschätzungen aber fehlte es an Tiefe. Es gab zu viel Distanz.

Allerdings hatte es Serienmörder – diese abartigen, kranken Kreaturen – schon immer gegeben. Seit Karl dem Großen hatte man ihre Gräueltaten niedergeschrieben und in dicken Akten vermerkt.

Und Wunden, wie Terese sie geschildert hatte, waren sie überhaupt denkbar? Wenn man Raubtiere ausschloss? Dölner legte den Kopf in den Nacken. Dann merkte er, dass sein Mund offen stand und klappte ihn zu. Gütiger Gott! Heiliger Gregorius! Alle Heiligen im Himmel ... Sie waren denkbar. Der Verdacht würde dann allerdings in eine bestimmte Richtung zeigen. Sapperlot! Und in diese Kreise wollte der Kommissar seine Nase keinesfalls stecken. Er zwang sich ruhig und normal zu atmen, während er sein Gegenüber anstarrte.

Terese fasste nach den Blumen in ihrem Ausschnitt. Sie presste sie in ihrer Hand und drehte den Kopf. Sie hatte Angst, große Angst. Man sah es ihr an, aber sie suchte es zu verbergen. Sie war ... Ja, sie war tapfer, diese Magd.

»Wie alt ist sie eigentlich, die Terese?«

»Ich bin siebzehn.«

## 6. Kapitel

*Hinter dem Friedhof war es stockfinster. Die Fackel war abgebrannt, und niemand hatte sich die Mühe gemacht, sie zu ersetzen. Eigentlich war dies die Aufgabe der Frau, die zusammengekauert auf ihrer Treppe saß. Niemand aber machte ihr einen Vorwurf. Sie sei schlampig geworden. Die Schmiedin sei nicht mehr richtig im Kopf, hieß es. Als das leise Rascheln der dürren Blätter zu vernehmen war, hob sie den Kopf.*

*Als das morsche Holz, mit dem man die Schlammpfütze zugedeckt hatte, knarrte, trat sie vor, ergriff den erschrockenen, jungen Mann, der sich an der Friedhofsmauer vorbeidrückte, am Arm. »Ich muss mit dir reden, Jan«, murmelte sie. »Ich habe dir aufgelauert. Ich muss es wissen. Ich muss wissen, ob Bert Bescheid wusste oder nicht. Sag es mir.«*

*Jan schüttelte ihre Hand ab. »Du hast mich zu Tode erschreckt«, sagte er. »Bist du krank? Woher soll ich das wissen?«*

*»Du weißt eine ganze Menge, Jan. Mir scheint, du hast auch einiges zu verbergen. Warum stellst du dein Pferd am anderen Ende des Dorfes unter, wenn du die Terese abholen willst? Was soll das, Jan? Und ich bin noch sehr klar.« Sie verstärkte den Griff um seinen Arm. »Rede schon! Ich muss wissen, ob Bert Bescheid wusste und nichts unternahm.«*

*Jan hob die Schultern. »Vielleicht wusste er Bescheid. Er hatte einen furchtbaren Streit mit seinem Vater. Aber ob man es hätte verhindern können? Es gab ja viele, die Bescheid wussten. Wir waren ja nicht blind. Ob jemand danach zur Beichte ging, ist ungewiss. Du selbst ...?«*

*Die Schmiedin schlug seine Hand brüsk zur Seite und verschwand wie ein Spuk.*

*Jan blieb noch mehrere Minuten regungslos sitzen.*

* * *

Etwa ein halbe Meile entfernt schlug eine Kirchenglocke ein paar Schläge, die vom Wind getragen herüberwehten. Der Sturm konnte ein schlecht gefügtes Glockenspiel aus den Fugen gerissen haben.

Der Kommissar stand auf, stolperte über ein heruntergerutschtes Scheit Holz und fluchte. Über das Scheit und anderes mehr. Brummig wie eine alte aus dem Takt geratene Maschine! Die Strapazen begannen ihm zuzusetzen. Dann bückte er sich und warf das Scheit ins Feuer. »Eine scheußliche Geschichte! Seit wann, sagt sie, geht das schon? Aber jetzt ohne alle Kinkerlitzchen..« Als er sich aufrichtete, perlten winzige Schweißtropfen auf seiner Stirn.

»Vor fast einem Jahr fing es an«, sagte Terese. »Es ist ein Albtraum für das Dorf. Niemand traut sich mehr vor die Tür. Die Leute fürchten sich vor ihrem Schatten. Heute Abend hatte ich furchtbare Angst, als ich den Sattlerburschen an der Tür traf. Er war mir richtig unheimlich. Und er hat mich auch komisch angesehen. Dabei bin ich eine Frau.« Sie unterbrach sich kurz, räusperte sich mehrmals, wie um einen Brocken im Hals loszuwerden. »Ich habe auch oft das Gefühl, wir hätten etwas getan. Etwas ganz Entsetzliches, das wir möglicherweise hätten verhindern können.«

Dölners Halsmuskeln verkrampften sich. »Ach, wirklich?«

Verunsichert sah das Mädchen zur Seite. »Aber ich wüsste nicht, was. Niemand wird es mir verraten. Die Leute reden hier nicht miteinander. Sie berichten nur, dass die Hühner besser legen, dass die Kuh kalbt ... Es ist fast, als ob die Katze dem Hund was erzählt. Und in letzter Zeit ist das Schweigen wie eine Mauer.« Verlegen drehte sie an ihrem Zopfband. »Ich befürchte auch ...« Sie verstummte mit einem kleinen Seufzer und presste die Lippen zusammen. Sie hatte einen fast schmerzhaft vorwurfsvollen Blick, als sie dem Legaten starr in die Augen sah.

Dieser wurde plötzlich hellhörig. Der Ernst in Tereses Stimme erschreckte ihn. Eine dunkle Vorahnung ließ ihn erschauern. Teufel! Er zupfte an seinem grünen Wams. Schlag da einer drein! Wenn sie nicht reden wollte ... Aber ihr Schweigen, das mitten aus einer Anklage kam, war unmöglich zu ignorieren. Es war kein geduldiges Schweigen. Es war ein Protest, und es war voller Anschuldigungen. Dass im Dorf die Wut, die Enttäuschung, das jahrhundertealte Misstrauen ausbrachen, war mehr als wahrscheinlich. Ein Funke genügte, um einen Brand auszulösen. Die Bauern würden sich mit Äxten, Sensen, Knüppeln bewaffnen. Aber auch die Gegenseite war unbarmherzig. Gegen die Hexenjagden war Dölner machtlos. Krieg, Teufel! Obwohl es auf einer anderen Ebene lag, war diese Gefahr nicht auszuschließen. Er fluchte inbrünstig.

Das Pack durfte man nicht unterschätzen. Schlagartig fiel Dölner etwas ein: Vor zwei Jahren hatte er den dummen Fehler begangen, die Beschwerden eines Lakaien nicht ernst zu nehmen – man scheute damals zusätzliche Ausgaben – und dann schlitterten die Ermittler ganz knapp an einem

Abgrund entlang. Die heftige Reaktion der Bevölkerung erschreckte sogar die abgebrühte Magistratur. »Wegen einiger lappiger Taler! Verdammter Amtsschimmel! Verdammte Juristerei!«, knurrte Dölner. »Mir wird richtig übel. Wo ist eigentlich der Spucknapf?«

»Es gibt keinen. Ich glaube, es gibt keinen.« Terese bückte sich. Sie suchte unter dem Bett, dann im Schrank, und als sie nichts fand, traf sie Anstalten, seinen Koffer zu öffnen.

Die Hände ausstreckend, wehrte er vehement ab. Das fehlte noch. Sie erledigte Hausfrauenarbeiten, während die Welt ins Wanken geriet. Verrückt!

Verbissen warf Dölner ein weiteres Stück Holz ins Feuer, erstarrte wieder in übellaunigem Schweigen. Er sehnte sich plötzlich nach seiner unkomplizierten Bergwelt. Diese war meilenweit von den Intrigen und Ränkespielen des Wiener Amtes entfernt, brachte ihn nur oft zur Verzweiflung mit der Monotonie ihrer Abgeschiedenheit. Selbst das idyllische Landleben hatte nicht nur Sonnenseiten. Und Politik? Obwohl er sich als Politiker betrachtete, kam ihm die Politik oft wie ein Buch mit sieben Siegeln vor.

Mehrmals strich Dölner über seine tadellos frisierte Perücke und glättete penibel seinen dünnen Kinnbart. »Waren die Opfer alles Leute aus dem Dorf?«, fragte er. Sein Kragen zwickte ihn, und er legte zwei Finger unter das Stehbündchen. »Hatten sie sich einen Vorteil von einem der Anwohner verschafft?«

»Einen Vorteil? Davon weiß ich nichts.« Terese zuckte die Achseln. »Aber der Schmied, der Müller, Klaus, Jeannot und Aloyse wohnten hier. Nur der Gärtner lebt in der Abtei. Er kommt aber her und besucht seine alten Eltern. Sie sagen, der Gärtner sei ein schlechtes Omen. Ein Klostergärtner ist fast ein Mönch.« Sie hielt eine Hand wie zum Schutz vor die Augen. Ihre Hände waren rot und rissig.

Sie war eine einfache Magd. Ungebildet, mit den Vorurteilen ihres Standes. Es war töricht, von ihr eine Lösung zu erwarten. Ihr sogar Feinfühligkeit zu unterstellen! Dölner verzog den Mund. Er zerrte wieder am engen Kragen. Einen Kragen richten, das konnte sie vielleicht.

Gereizt ließ er sich dann auf seinem Bett nieder. »Dieser – wer auch immer – mordet nicht aufs Geratewohl. Wir brauchen ein Motiv. Gab es Streitereien?«

»Da war nichts Ungewöhnliches. Es waren ja bescheidene Leute. Außerhalb ihrer Arbeit blieb ihnen für etwas anderes keine Zeit. Und dann waren sie plötzlich weg! Es kommt mir fast vor, als seien sie über Nacht im Wald verschwunden. Dort, wo man sie auch gefunden hat. Verzaubert von einer bösen Fee. Selbst das wäre einleuchtender.« In ihrer Verbitterung verdrehte sie die Augen. Dann setzte sie sich neben ihn, ohne zu fragen.

Dölner ließ es geschehen. »Junge Leute?«

»Ja, nein, nicht nur. Der Schmied war fast dreißig, und der Gärtner, er stammt aus dem Nachbarhaus meiner Eltern, hatte graue Haare.«

»Aha. So alt.«

Es gab eine Pause, während Dölner über das Gespräch nachdachte. Dass der Mörder es bis jetzt geschafft hatte, sich dem Rechtswesen zu entziehen, machte dem Justizbeamten zu schaffen. Wenn er seine Berichterstatterin richtig verstanden hatte, geschahen die Morde nie am Tage, immer am späten Abend. Das war vielleicht aufschlussreich. Ein Mann geht nach getaner Arbeit nach Hause, freut sich auf sein Abendessen, auf ein Schwätzchen mit Freunden, trifft auf seinen Mörder. Hinter der Kirche, in einer verwinkelten Gasse, einem Stall oder Schuppen? Ein Wortwechsel, ein kurzes Gespräch. Gab es Hinweise auf einen anderen Tatort? Spuren? Hatte man nach einer ungewöhnlichen Waffe gesucht? Oder lag ein Fluch auf dem Dorf? Gab es deshalb einen Racheengel aus dem Jenseits?

Terese verlagerte ihr Gewicht. Sie stützte sich gegen die Bettkante.

Dölner klopfte ihr auf die Schulter. »Ich dachte, für ihren Aufmarsch hat sie bereits einen willigen Corvus albus gefunden? Einen seltenen Vogel! Kommissar Dölner ist wirklich vorzüglich für diesen Posten geeignet, glaube sie mir!«

»Wie? Ein ...? Oh nein! So ist es nicht.« Sie schien aus einem Traum zu erwachen: »Vieles ist untragbar. Die Angst, das Misstrauen ... Die ewigen Vorwürfe zu dem einen oder anderen Vorfall. Das Schlimmste – wirklich das Allerschlimmste – sind die Vögel, die Krähen. Jan sagt, die sitzen lange auf dem Galgen, bevor das Urteil vollstreckt ist. Flattern mit diesen schwarzen Flügeln. Krächzen unheilvoll! Und das will ich nicht hören.« Sie machte die Augen zu.

Dölner spürte, wie er eine Gänsehaut bekam. Du hast keine Ahnung von den springenden Punkten, Dölner, und willst den Menschen hier eine Lektion erteilen! Dabei erschreckst du sie bloß mit deinen Bonmots.

Er machte eine entschuldigende Geste und Terese hob die Schultern. »Eine Familienfehde womöglich?«, schlug er vor. »Wegen einer simplen Differenz bringt man niemanden um.« Sein böhmischer Stallmeister prahlte häufig mit Vendetta-Geschichten. Ganze Familien, die einander wegen einer Lappalie umbrachten. »Bei Gewalttaten soll man ja zuerst in dem engeren Kreis der Opfer suchen.«

Terese schüttelte müde den Kopf.

Der Kommissar unterdrückte einen Rülpser und stand auf. Zum Henker mit seinem sozialen Gewissen. Natürlich würde er kein unnützes Risiko eingehen. Sollte der Meier sich den Kopf zerbrechen. Kruzitürken! Die Identität des Mörders herauszufinden, war die verdammte Pflicht und Schuldigkeit des Postmeisters!

Er starrte auf die rosa Seidentapete. Sie gab dem düsteren Raum einen Hauch von Romantik. Er stellte sich vor, dass hier ein junges Ehepaar gewohnt hatte. Eine junge Frau? Der Kommissar spürte ein leises Kribbeln. »Sie geht allein nach Hause? Durch die dunkle Nacht?«

»Mein Vater holt mich ab. Oder mein Bruder Georg, wenn er zu Hause ist. Manchmal schlafe ich auch im Posthaus oder ich binde den Hund los. Er folgt mir und findet später allein zurück. Ich geh wirklich nicht gern allein. Hinter der Kirche sind ein paar leere Schuppen. Dort ist es immer stockfinster.« Sie schauderte. »Oft hat mich auch Jan begleitet.«

»Jan, ihr Bursche?«

»Ja.« Terese musste draußen etwas gehört haben und trat ans Fenster.

Dölner folgte ihr, zog den Vorhang weiter auf, konnte aber nichts erkennen als einen Mann auf der anderen Straßenseite, der seinem tänzelnden Pferd, einem schwarzen Rassehengst, beruhigend über die Flanken strich.

Im Schein einer Fackel sah der Hofrat, dass es ein gut aussehender, junger Mann war mit dunklen Haaren, die er im Nacken zu einem Zopf gebunden hatte. Als er sich umdrehte, um das Scheunentor zu schließen, bewegte er sich langsam, als ob ihm das Gehen Schwierigkeiten bereitete. Dölner dachte an die Frau mit dem Bettzeug, die von Tereses Bruder und seinen schweren Verletzungen geredet hatte. War das hier Georg Thillen, der Terese abholen wollte?

Bevor der junge Mann sich in den Sattel hievte, stieß er einen an das Stalltor gelehnten Kübel um und benutzte ihn zum Aufsteigen. Unter der schwach brennenden Fackel sah Dölner sein unverschämtes Grinsen, als die Äpfel und Rüben über den Boden kollerten. Über den Hals des Pferdes gebeugt, galoppierte er dann die Straße entlang.

Terese machte eine kleine Bewegung und warf Dölner einen raschen Blick zu.

»War dieser Mensch ihr Bruder Georg?«, fragte der Kommissar und sah Terese an.

Sie hielt seinem Blick stand und nickte. »Jetzt muss ich wohl allein nach Hause. Es wurde ihm zu lang.«

Nachdenklich zupfte der Kommissar seinen Kinnbart. Wieso ging ein anfälliger junger Mann abends allein aus dem Haus? Man musste schon sehr couragiert sein, sich bei diesen Bedingungen nachts auf die Straße zu trauen, außer man hatte einen dringlichen Grund. Dölner begann, die Gefühle der Bevölkerung zu verstehen. Die Verdächtigungen, das Misstrauen. Er lief wieder auf und ab.

Terese hatte den Vorhang geschlossen, aber er wehte noch immer leicht hin und her. Die Fenster in diesen Häusern waren alle schlecht eingefügt. Auch unausgesprochene Gefühle verwandeln sich gern in Gespenster, sagte man. An diesem Ort mussten viele Gespenster herumschwirren.

Dölner verschränkte die Hände, dass sie in den Knöcheln weiß wurden, betrachtete dann aufmerksam das Fenster, das die flackernde Kerze widerspiegelte. Der Vorhang bewegte sich nicht. Es war die Müdigkeit, die ihm Gespenster vorgaukelte! Eine äußere Geisterwelt war Quatsch! Der Fall war viel banaler. In diesem Nest gab es einen Serienmörder. Und das war keinesfalls erfreulich.

Etwas klatschte gegen das Fenster. Bevor Dölner reagieren konnte, riss Terese das Fenster auf, sah hinaus. Der Hofrat beobachtete, dass sie die Hand ausstreckte und in die gezackten Blätter der Weinreben griff. Sie lachte verlegen und machte eine beschwichtigende Handbewegung. »Es war nur ein dummer Vogel. Eine Elster, die nicht aufpasste!« Ihre Wangen hatten sich gerötet.

Dölner stieß sie zur Seite. Er sah hinaus, konnte aber nichts erkennen, außer dem schwachen Fackellicht in der undurchdringlichen Dunkelheit. Dann untersuchte er das Fensterbrett, rieb über eine unebene, schmutzige Stelle, die wie ein im Gips verewigter Fußabdruck aussah, und schnaufte.

Terese drehte sich unruhig im Zimmer herum. Ohne Dölner anzusehen, sagte sie: »Nun muss ich gehen. Ich habe schon zu lange herumgetrödelt.« Es war, als habe sie auf ein Zeichen gewartet.

»Noch nicht!«, sagte der Hofrat barsch. »Ihren Jan kann sie später treffen, und den Notabeln will sie ja nicht über den Weg laufen, wie? Und zwei, drei Fragen habe ich noch.« Er konnte jetzt nicht allein sein. Wie Kreisel drehten sich die Gedanken in seinem Kopf.

Das Mädchen blieb stehen, schien aber angespannt und auf dem Sprung.

Dölner marschierte auf und ab, inspizierte in der Ecke wieder die letzte Ruhestätte der Maus, die wohl der Rache einer Katze zum Opfer gefallen war. Das Feuer war fast heruntergebrannt, und die Schatten in dem kleinen Raum hatten sich vergrößert. Sie hatten sich zu Raubtieren mit gefletschten Zähnen gewandelt, bereit, sich auf ihre Beute zu stürzen.

Terese setzte sich wieder.

Dölner warf ein paar Scheite auf die Glut. »Namen«, sagte er dann. »Motive, Gründe! Gab es früher schon mal Unerklärliches? Missbrauch, Tierquälereien, besonders groben Unfug? Ich bräuchte eine Liste von den Angehörigen der Opfer. Von den Morden benötige ich genaue Angaben der Zeiten, der Orte.« Langsam wie ein Ochsenkarren sollte man vorgehen. Das Garn sollte bedächtig aufgerollt werden, es beinhaltete womöglich ein anstößiges Knäuel.

Terese hob den Kopf. Plötzlich sprang sie auf und ging zur Tür, öffnete diesen einen Spaltbreit und lauschte. Sie drehte sich um. »Der Meier ist noch unten und auch der Abt. Ich erkenne seine Stimme. Er redet mit einer Donnerstimme, der Abt, wie Gott der Allmächtige. Für den hält er sich nämlich.« Sie kicherte etwas. »Und der prächtige Meier ... dieser selbstherrliche Frosch!«

Dölner spürte ein plötzliches Stechen im Nacken. Reden wie diese durfte man nicht dulden. Die freche Dirne! Sie war zu vorlaut. Sie hatte vergessen, wo ihr Platz war. Sie würde sich dieselben Schwierigkeiten einhandeln wie ihr Bursche. Und obwohl sie sicher eine gute Katholikin war, hatte sie dieses Selbstbewusstsein, diese Unabhängigkeit, die man gewissen Hugenottenfrauen nachsagte. Etwas verspätet hielt er sich die Ohren zu und deutete warnend auf die Tür.

Terese sah besorgt aus und nickte.

Sie schwiegen eine Weile. Plötzlich sagte Terese, die wieder auf das Fenster starrte: »Einmal des Nachts fuhr ich aus dem Schlaf und hatte ganz fest das Gefühl, jemand sei in meinem Zimmer und belauere mich aus einer Ecke heraus. Ich sah Arme, die sich streckten und mich abtasteten. Panik ergriff mich. Natürlich aber war niemand da. Und das Schlimmste war ... Ich hatte entsetzliche Angst, und gleichzeitig hatte ich ein Gefühl von ... ja, fast von Befreiung, als würde eine lang ausstehende Forderung endlich geregelt. Aber natürlich war alles ein Albtraum. Die Panik und auch das andere.« Sie hatte die Hände geballt.

Dölner spürte etwas wie ein Kribbeln in den Haarwurzeln. Die Analyse des Grauens war recht interessant. War das das Mordmotiv? Das Monster, die finstere Gestalt, die junge Mädchen in ihrem Zimmer besuchte! Aber Tereses andere Andeutungen widerlegten diese Theorie.

In einem Schlupfwinkel seiner Erinnerung tauchte plötzlich eine Bemerkung des Richters auf. Oder war es etwas, das der Fürst gesagt hatte?

Er ging zum Nachttisch und tauchte eine zögernde Hand in das Wasser in der bemalten Porzellanschüssel. Es war eiskalt. Er fuhr über sein Gesicht und fühlte sich etwas besser. Er war einfach überfordert. Dann ging er zum Fenster, öffnete es und sog gierig die frische Luft ein. In einer Nische des gegenüberliegenden Schuppens glaubte er plötzlich einen Schatten und eine Bewegung auszumachen. Aber so sehr er sich dann anstrengte, gelang es ihm nicht, etwas mehr als eine ziemlich dunkle Randstelle mit grauen Ausbuchtungen zu erkennen. Bevor die Kälte und Feuchtigkeit seine Sachen noch weiter mit Fäulnis überziehen konnten, schloss er das Fenster wieder.

Das Mädchen musterte Dölner neugierig. »Wieso hat man gerade ihn hierher geschickt. Es sind große Strapazen zu bewältigen. Er ist schon alt. Hat er keine andere Beschäftigung?«

Dölner schluckte. »Es ist eine verantwortungsvolle Aufgabe. Ein guter Abschluss meiner Karriere. Der Fürst höchstpersönlich ...« Teufel noch mal! Ehrlichkeit war gut. Aber der Wahrheitsfimmel seiner Besucherin grenzte fast an Selbstmord. Alt! Sie war ein richtiger Besen. Er musste sie loswerden.

Im Flur knarrte eine der Dielen, und sie horchten auf. Ein Bediensteter, der einen letzten Rundgang machte? Der Meier, der herumschnüffelte?

Die Schritte, wenn es denn welche waren, verklangen. Die Entscheidung war aufgeschoben. Dölner atmete auf und tupfte ein wenig von dem Wein auf seinen Zahn, der sich wieder bemerkbar machte. Seine Pülverchen, die er so dringend brauchte, waren ganz unten in seinem Reisegepäck. Auch das neue weiße, das ihm sein Apotheker bei seinem letzten Anfall heimlich in die Hand gedrückt hatte. Vielleicht hatte sich das Wetter bis zum Morgen beruhigt. Dann wären sowohl seine Schmerzen wie alles andere besser.

## 7. Kapitel

*Vielleicht wird sich der Sturm bis morgen gelegt haben, dachte auch Florentius, der Mönch. Er faltete sein Gewand zusammen und legte es ans Bettende. Dann stieg er umständlich in sein Bett und begann seine Ränke zu schmieden.*

*Morgen würde er zeitig aufstehen. Er würde den schnellen, leichten Wagen nehmen, um den Sattler noch zu erwischen, bevor er sich zur Arbeit begab. Er würde dem Mann gründlich ins Gewissen reden. Dann würde er ihn mit der Aufzählung seiner Sünden bloßstellen, ihn erniedrigen. Das würde dem Kerl eine Lehre sein!*

*Er verstand nicht, dass manche im Dorf ihn anfeindeten. Es gab sogar Leute, die sich bei seinem Anblick umdrehten. Offen aber lehnte sich keiner gegen einen Mann in seiner Position auf. Florentius solle trotzdem aufpassen, hatte der Abt gesagt. Er habe so ein Gefühl mit dem Monster, sagte er noch. Aber Florentius glaubte nicht an das Monster. Er glaubte an die Sünde. Und die musste man bekämpfen! Der Glanz des Eiferers funkelte in seinen eng beieinander stehenden Augen.*

*Morgen würde er auch Terese und ihre Eltern, die am Sonntag wieder einmal den Gottesdienst versäumt hatten, ermahnen – die beiden Söhne aber erst mal in Ruhe lassen. Paul studierte in Orval und würde schon noch lernen. Und Georg… der hatte bereits seine Strafe weg. Vielleicht könnte er danach Tilly in ihrem Loch aufsuchen und sie in ihre Schranken weisen. Sie hatte es bitter nötig.*

*Den Wiener Kommissar würde er über einiges im Dorf aufklären müssen. Er war sicher, dass der Mann ihn unterstützen würde. Egal, was man ihm unterstellte, er tat immer seine Pflicht.*

*Zufrieden zog Florentius die gestrickte, warme Bettmütze über den kahlen Schädel und schloss die Augen.*

* * *

Im Posthaus versuchten der Kommissar und die Magd gemeinsam, das qualmende Feuer in Gang zu bekommen.

Das Mädchen sagte plötzlich: »Diese Morde sind keine üblichen Tötungen. Ich kann das erkennen. Ich bin nicht dumm, Herr. Ich kann rechnen und mir alles merken. Im Unterricht bin ich die Beste. Obwohl Pater Florentius sagt, Mädchen sollen gehorchen und nicht denken. Es sei nicht der Wunsch Gottes. Mein Bruder Paul, der in Orval studiert, sagt aber, Florentius sei ein Esel, und was der Wunsch Gottes sei, könne er nicht wissen.«

»Nun ja, da kann man drüber nachdenken«, meinte Dölner bedächtig und hüstelte beschwichtigend. Er ließ den Feuerhaken fallen, marschierte auf und ab. Nach einer Weile stieß er die schwere Holzkiste zur Seite. »Die Waffe? Was denkt sie? Ein Krummsäbel vielleicht?« Lauernd sah er sie von der Seite her an.

Terese schüttelte verbohrt den Kopf.

Das machte ihn aggressiv. »Nein? Warum nicht? Wenn sie mir nicht helfen will ...«

»Es war kein Säbel.«

»Das weiß sie?«

Sie nickte. »Mein Vater war Waffenmeister bei einem Dragoneroffizier. Er kümmerte sich um die Fechtwaffen, das Schießpulver. Er sagt, Verletzungen wie diese hat er noch nie gesehen.«

»Soso! Na schön! Wenn der Waffenmeister es sagt.« Dölner unterdrückte ein zynisches Lächeln. Auch Artilleristen mussten alle Waffengattungen kennen. Möglicherweise war der Mann aber nicht in Historie bewandert, wusste aber sonst, wovon er redete! Dölner hatte erst spät gelernt, wie man lügt, beherrschte mittlerweile das Handwerk aber perfekt. Und Lügen erkannte er überall. Trotzdem sollte man die Artilleristen nicht unterschätzen. Sie waren meist hervorragend ausgebildete Fechter. In vielen Waffenkünsten waren sie den Offizieren überlegen. Ihr Verhältnis zu Waffen war realistischer. Nicht so glorifizierend wie das der Edelleute! Oder so enthusiastisch wie das der Knappen.

Dölner selbst mochte keine Waffen. Er war kein Muskelprotz. Degen oder Säbel, diese Hiebmesser benötigten zu viel Kraftaufwand. Sonderlich mutig war er auch nicht. Nur zu oft hatte er die verheerenden Auswirkungen des Breitschwerts und anderer Hiebwaffen gesehen. Für einen Moment vermeinte der Kommissar das Zischen einer Schwertscheide beim Hinunterfallen zu vernehmen. Er erschauderte. Zum Glück waren die Schwerter und Degen der Ritterzeit mit den Jahren kleiner und leichter geworden. Es waren aber noch immer perfekte Tötungsmaschinen.

Dölner verstand nicht, dass manche Menschen ihr ganzes Leben damit verbrachten, an der vollkommenen Vollendung einer Waffe zu arbeiten. Er war zwar ein recht versierter Kenner von Hieb- und Stichwaffen, sein Tatort aber war der Schreibtisch, sein Kriegsschauplatz das Büro. Er kämpfte mit der Feder. Er intrigierte, lavierte, manipulierte, traf unpopuläre Entscheidungen. Wenn es unbedingt sein musste, bevorzugte er Schießpulver. Die Folgen kamen ihm weniger persönlich vor. Fast war er versucht, dies der Terese zu erklären. Sie könnte es verstehen, weil sie die Probleme offenbar kannte. Ihr Vater musste ständig vor der staunenden Familie mit seinen militärischen Kenntnissen geprahlt haben. Aber auch Dölner versuchte, sich die genaue Abbildung einer bestimmten Waffe in Erinnerung zu rufen. Er rieb sich die Augen.

»Der Mörder ...« Terese sah ihn an. »Der Mörder kann nur jemand aus der Gegend sein, meint Jan. Fremde fallen auf, ihr Auftauchen spricht sich schnell herum. Wenn ein Unbekannter durch einen Ort wie den unseren kommt, gibt es immer jemand, der sich Fragen stellt.«

»Das denke ich auch.« Dölners Miene verriet einen Hauch von Anerkennung. »Es ist ein Mann, den alle kennen. Er hat fast ein Jahr gemordet, ohne aufzufallen. Er wohnt im Dorf, hat zumindest ein Pferd oder ein Fuhrwerk, wenn er aus der Umgebung kommt. Ich bevorzuge die zweite Annahme. Aber wieso ...« Dölner bewegte die Schulter. »Wieso ist es ihm gelungen, nicht gefasst zu werden? Wirkt er so harmlos? Ist seine Position so untastbar?«

»Ich weiß es nicht!« Tereses Blick drückte eine Mischung von Resignation und zweifelnder Hoffnung aus, als sie an ihm vorbei zu Boden sah. »Ich weiß wirklich nicht, Herr.«

»Hm. Ein Postbote, ein Kutscher oder Wandergeselle? Ein Jäger? Womöglich ein Heiler?« Wen kannte er schon? In seinen Unterlagen über den Unfall waren Zeugen genannt. Ein Kutscher, ein Wagner ... Wie viele waren es insgesamt, die er dem Namen oder dem Beruf nach mit dem Dorf in Verbindung bringen konnte? Er brauchte kaum mehr als die Finger einer Hand.

Das Mädchen sah Dölner mit plötzlich erwachtem Interesse an. »Pater Ireneusz ist erfahren in der Heilkunst.

Er wohnt im Dorf. Er macht Senfpflaster, kocht Säfte für den Husten, lässt die Leute zur Ader. Er setzt Blutegel an. Den Aloyse hat er von einem schlimmen Fieber geheilt. Der Grind hinterließ nur diese Narben im Gesicht. Mein Vater meint aber, die Leute werden meistens von allein gesund.«

»Ah? Das ist ja interessant.« Tereses Familie zeigte bemerkenswert wenig Respekt vor den Künsten der Medizin. Vor jeder Autorität! Es war eine Familie von Freigeistern, hatte er herausgefunden. Prüfend musterte er das Mädchen. In seiner Weltvorstellung kam Freigeisterei in der unteren Schicht nicht oft vor.

Terese schüttelte den Kopf über seine Begriffsstutzigkeit. »Nur würde der Pater nie jemandem was antun.«

Dölner tat, als sei er mit dieser Auffassung zufrieden, behielt sich aber ein eigenes Urteil vor. »Vor einem Jahr fing alles an, sagt sie? Diese Kette von Gewalttaten muss durch etwas ausgelöst worden sein. Gab es einen suspekten Todesfall? Ein besonders hartes Gerichtsurteil? Der Pöbel versteht da manches nicht, das weiß ich ...«

Terese nickte befangen: »Wir haben schon alles überlegt. Da war nichts. Nicht ein Hauch!« Sie sah Dölner an. »Als man Bert vermisste, suchten alle fieberhaft nach einem kurz zuvor entflohenen Verbrecher. Sogar die Soldaten aus der Festung halfen. Aber sie fassten den Mann, einen mehrfachen Raubmörder, und es ging weiter. Man stellte Nachforschungen über die hier kantonierten Soldaten an. Ohne Resultat. Aber manchmal, und das wird mir immer klarer ... Einige scheinen mehr zu wissen als andere. Wie Jeannot. Und dieses Ausweichen ...« Sie massierte ihr Knie, als habe die Müdigkeit ihre Gelenke belastet.

Der Kommissar stürzte mit geschlossenen Augen den Rest seines Weines hinunter.

Terese fuhr fort. »Auch habe ich das Gefühl, die Gefahr sei ganz nahe. Als ob die Leute, die ich ein ganzes Leben lang gekannt habe, ein Doppelleben führten. Ich höre ihre Stimmen, und hinter den Worten scheint sich ein anderer Sinn zu verbergen. Ich selbst bin genauso misstrauisch. Da mein Bruder Georg vor zwei Jahren bei Orval überfallen wurde, nahm ich lange Zeit an, mit seinen grausamen Verletzungen sei er womöglich das erste Opfer des Ungeheuers gewesen. Noch vor Bert und Klaus. Dabei hat man seine Angreifer fast sofort gefasst und bestraft. Eine feige Bande von Wegelagerern.« Terese schaute zu Boden. »Aber so ergeht es allen. Man sieht Abgründe da, wo man sie nie vermutet hätte. Was diese Untaten aus unserem Dorf machen!«

Der Kommissar zuckte etwas ratlos mit den Schultern.

Terese hob unschlüssig ihre Hand. »Vor einigen Tagen habe ich in einem Zimmer Licht brennen sehen. Mitten in der Nacht. Dabei sagt dieser ... dieser Mann immer, er schlafe wie ein Murmeltier! Nichts könne ihn aufwecken!« Sie schüttelte den Kopf. »Und Berts Mutter, die glaubt, ihr Sohn habe sich über etwas Sorgen gemacht. Sie ringt die Hände, lamentiert. Es ist so lächerlich! Bert hat sich dauernd über etwas Sorgen gemacht. Er war, Gott verzeih mir, er war ein Jammerlappen, und ich verstand nie, wieso mein Bruder sich mit ihm abgab! Wir befragten also seine Freunde. Keiner wusste etwas. Als der Kurier in der Our ertrank und der Meier dann aus Wien den Auftrag erhielt, nach den fehlenden Dokumenten zu suchen, meinte er, wir sollten abwarten.«

Genau dann hätte der Postmeister die amtlichen Autoritäten einschalten sollen! Das wäre das einzig Richtige gewesen. Aber der Postmeister hatte eigene Interessen vertreten. Womöglich war er weitsichtiger als andere. Die hauptstädtischen Instanzen hielt man auf Distanz.

Jetzt, wo Dölner die Lage besser verstand, wunderte ihn das nicht. Der scheinheilige, selbstherrliche Mistkerl hatte gleich die Gefahr erkannt! Er war schlau und sicherte sich ab. Unter dem wohlwollenden Auge des Gouverneurs agierte der Postmeister souverän und selbstgerecht! Der Koffer erhielt seinen Sinn!

Dölner musste ihnen die Suppe versalzen. Ihnen die Maske der Arglosigkeit abreißen. Ein tief vergrabener Kampfgeist regte sich. Zum Henker! Noch war es seine Partie. Dieser intrigante Meier! *Homo novus!* Ein Neureicher! Dumm war er noch dazu. Wo war der Teppich auf dem Boden? Das gemütliche, warme Feuer im Kamin? Die prunkvollen Pelze auf dem Bett? Dölners harte Augen verengten sich, und er biss sich auf die Lippen. Er hätte nie gedacht, dass einige triviale Unbequemlichkeiten eine Krise maßgeblich entscheiden könnten.

Dölner schob seinen Stuhl zurück. »Ich brauche ein Motiv. Ich muss wissen, wem die Morde genützt haben. Wie das Wetter war! Für die Bauern ist das Wetter eine wichtige Sache. Um nichts in der Welt würde ein Bauer die Heuernte, das Abmähen verpassen. Es ist eine Frage der Mentalität. Ein Irrsinniger kann die Menschen sehr gut verstehen und Vorsorge treffen! Die Scheußlichkeit der Verbrechen kann etwas aussagen. Besonders der erste Mord, der Mord an dem Müllersohn, scheint mir interessant. Mit ihm hat alles angefangen. Sobald ich den Meier zu Gesicht bekomme, werde ich mit ihm reden.«

Das Mädchen sah Dölner an, als sei er begriffsstutzig. »Der Meier hat eine einflussreiche Familie. Sein Schwager steht kurz vor seiner Nominierung zum Gouverneur.«

Dölner hob die Augenbrauen. »Ah ja!«

Terese schluckte. »Der Meier ist reich. Er besitzt zwei Silberleuchter und mehrere Zinnkrüge. Die Postmeisterin hat wunderschöne Kleider. Am Markttag trägt sie einen Hut mit gelben Blumen und einen Samtbeutel für ihr Portemonnaie.«

»Hm!«

»Ständig aber hat er was auszusetzen. Er kontrolliert unsere Taschen, schnüffelt und wühlt ... Das bringt die Leute auf.« Terese warf dem Kommissar einen verlegenen Blick zu.

Nun ja. Dölner hob die Schultern. Die Magd verstand dies und das, aber nicht alles. Und es wurde langsam Zeit, die Tagung hier zu beenden. Nach sozialen Fragen stand ihm zur Zeit nicht der Sinn.

Irgendwo auf der anderen Seite der Straße bellte ein Hund. Etwas störte das Tier, denn er hörte nicht auf. Dölner liebte Hunde. Und er hasste Wölfe! Eine dieser unlogischen Tatsachen, die man besser nicht erklären sollte.

Terese rutschte unruhig hin und her.

Dölner betrachtete sie mit forschendem Blick. Sie war nicht gerade eine begnadete Lügnerin. »Was kaschiert sie noch?«

»Wir haben es mit einem Wahnsinnigen zu tun. Aber die Leute wollen, dass man alles dem Jan in die Schuhe schiebt. Nur weil es einfacher wäre. Das ist so niederträchtig.«

Das wurde schon immer so gemacht. Sie war wirklich naiv.

Wieder bellte der Hund. Dann schrie ein Kind im Schlaf. Dölner konnte die Proteste eines wütenden Anwohners vernehmen.

Terese stand auf und öffnete die Tür. »Ich glaube, die letzten Herrschaften sind jetzt auch am Weggehen. Weder der Abt noch der Seigneur wollen auch nur eine Stunde länger im Ort bleiben.« Sie griff nach dem leeren Weinbecher, warf einen prüfenden Blick um sich und nickte. »Hier ist ja alles in Ordnung. Und jetzt geh ich wirklich. Ich kenne da jemanden ...«

»Mich braucht sie da ja nicht!«, sagte Dölner hoffnungsvoll. Er sah Unerfreuliches auf sich zukommen.

»Der Mann könnte dem Herrn diese Dinge besser erklären. Das heißt, wenn er noch wach ist.«

Dölner machte eine abwehrende Handbewegung. »Einen Moment noch ... Mein Koffer? Wie steht es mit meinem Koffer?«

»Der Koffer, ah ja. Jan weiß, wo er ist.« Ein kurzes Überlegen, sie knickste flüchtig und verschwand, ehe Dölner weiter protestieren konnte.

Das Mädchen war unberechenbar. Aber holla noch mal! Er ging zur Tür und verriegelte sie sorgfältig. Es war Nacht. Um diese Zeit schliefen anständige Christenmenschen seit Stunden. Was ihn anging, war er jetzt fertig mit der Bande!

## 8. Kapitel

*Das Heu kitzelte den Rächer in der Nase, sodass er ein Niesen unterdrücken musste. Er grinste etwas. Schon als Kind hatte er die Atmosphäre eines Pferdestalls geliebt. Der Geruch vom Heu, vom Leder der Sättel. Die Geräusche – das Stampfen der Hufe, das leise Klirren des Zaumzeugs. Nur wenige Menschen liebte er so wie die Pferde, diese riesigen, sanften Tiere, die er verstand. Hierhin zog er sich zurück, wenn er in eine seiner Stimmungen versank und versuchte, die menschlichen Beweggründe zu verstehen. Egal, wie unbegreiflich und verrückt sie ihm auch vorkamen. Wenn er mit etwas nicht fertig wurde, beobachtete er die Postkutschen, die Reisenden ... von hier aus.*

*Jetzt beobachtete er seit einiger Zeit ein Fenster im Posthaus, hinter dem sich der Mann aus Wien nervös hin und her bewegte. Er gestikulierte, redete.*

*Es wusste genau, mit wem der Weitgereiste da sprach. Aber was erzählte ihm die Terese? Ob der Kommissar sich von ihr beschwatzen ließ? Würde die Aussicht, wieder in den Besitz des Koffers zu gelangen, dem Beamten genügen? Dieser Kommissar, den jeder hier für seinen Zweck benutzen wollte, nicht zuletzt der Rächer selbst, sah ganz schön raffiniert aus.*

* * *

Der steife Kragen scheuerte den Kommissar noch immer am Hals. Er zog sein Hemd und das Wams mit der fassonierten, engen Taille aus, setzte sich aufs Bett, streifte die Stiefel mit den hohen Absätzen ab. Er legte die Perücke ab und fuhr sich über das kurzgeschnittene, graumelierte Haar. Zum

Teufel mit der Lokalproblematik! Er brauchte Ruhe. Aber obwohl er todmüde war, glaubte er nicht, dass er ein Auge zumachen würde.

Er war in diese Angelegenheit verwickelt, ob es ihm passte oder nicht. Seit seiner Ankunft war es auch nicht zuletzt seine Unentschlossenheit, die ihm zusetzte. Er war eine Spindel, die sich in unregelmäßigen Windungen drehte. Mal hoch, mal tief.

Da er trotz aller Gegenindikationen noch nicht aufgegeben hatte, musste hinter der Geschichte etwas liegen, das ihn ansprach. Eine Person, ein Ereignis übte auf ihn eine Art Verlockung aus. Als enthielte es oder sie eine Botschaft. Seltsam! Unter der Geschichte lag eine Untergeschichte. Er dachte an den Richter, der wie eine ungelenke Marionette an dünnen Fäden baumelte und mit Prophezeiungen um sich warf. Er dachte an eine mögliche bis in die höchsten Kreise der Regierung reichende Verschwörung. An Verschleierungstaktiken!

Der Kommissär war so in seine Gedanken versunken, dass es eine Weile dauerte, bis ihm auffiel, dass es im Raum allmählich kälter und dunkler geworden war. Das Feuer war fast erloschen, und Dölner fehlte die Lust, es wieder anzufachen. Was das Praktische anging, konnte er so nicht weitermachen. In diesem engen, ungemütlichen Raum musste er zu zweckmäßigen Dingen übergehen.

Er begann mit der Kleidung. Seine Reisekleidung war bequemer. Der Samtjoppen, die widerstandsfeste Schlapphose, mit der Klappe im Rückenteil ... Auch die Stiefel zog er wieder an. Wenn er schon nicht an einem nächtlichen Abenteuer vorbeikam, war er gerüstet.

Er setzte sich auf die schwere Holzkiste und nahm sein Schreibpapier herbei. Während er in Gedanken die Fakten ordnete, zog er methodisch seine Linien und begann mit dem Aufzeichnen der Liste. Die Kerze tropfte und verbreitete einen beißenden Rauch, trieb ihm die Tränen in die Augen. Aber die Feder kratzte wie von allein über das Papier.

Zuerst die Opfer! Die Akteure! Der junge Müller, der Schmied, Aloyse, ein Tagelöhner, Klaus, ein Bauer, Jeannot. Er schrieb diese Namen getrennt und ohne auf die Reihenfolge ihres Todes zu achten, auf einen Zettel, und als er fertig war, prägte er sich die Namen ein und steckte die Liste in seine Tasche. Er rieb wieder seinen Nacken, der immer steifer wurde, und unterdrückte ein Gähnen.

Dann nahm er ein neues Papier, saß einige Zeit still. Gedankenlos malte er kleine Wölkchen, die auch Inseln sein konnten. Er wusste es nicht. Dazwischen malte er Männchen, ließ sie mit staksigen Schritten laufen oder knüpfte sie an Galgen. Nach einer Weile machte er weiter mit seinen Notizen. Die möglichen lokalen Verbindungen zu dem Gouverneur, dem Abt. Da würde er keine Rückendeckung haben. Das hatte man ihm nicht zu empfehlen brauchen.

Im Augenblick jedenfalls stellten sich ihm die Ereignisse in etwa so dar: Vor einem Jahr verschwindet in einem Ort in den Ardennen im Luxemburger Oesling ein Mann. Ein rechtschaffener, unbescholtener Müllersohn. Wochen später, nach langem Suchen, wird er tot aufgefunden. Sein Verschwinden ist nur der Beginn einer ganzen Kette von Morden. Sechs Menschen werden in wenigen Monaten zu Tode gebracht. Auf grausame Art und Weise. Ein mit ungeheurer Kraft ausgestattetes Monster scheint sein Unwesen in den Wäldern des kleinen Dörfchens zu treiben. Misstrauen und lang unterdrückter Hass brechen aus. In der

Person eines jungen Künstlers findet man schnell einen Sündenbock, eine Notlösung, die niemanden zufriedenstellt. Ein Zufall kommt den lokalen Behörden zu Hilfe: Ein Kurier, unterwegs mit wichtigen Dokumenten, ertrinkt mit seinem Pferd in der Our. Während man sich in Wien Gedanken über die verschwundenen Dokumente und die möglichen politischen Konsequenzen macht, ergreift man hier die Chance und nutzt das Unglück des Boten für die eigenen Zwecke.

Dölner stieß seine Kiste zurück. Er stand auf, ging auf und ab und überdachte diesmal die Lage aus einer anderen Perspektive.

Die Politik spielte in der Tat keine unwesentliche Rolle. Der Schauplatz lag am Ende der Welt, aber er war eine Poststation. Reisende aus aller Herren Ländern stiegen hier ab. Sie redeten, kommentierten die letzten Neuigkeiten. Im düsteren Hinterzimmer der Station wurden Staatsgeschäfte diskutiert, und während die Herrschaften ihrem Ärger Luft machten, bekam die Landbevölkerung mit, was in der Welt vorging. Diese hatte sich verändert. Es gab Umwälzungen. Eine andere Epoche brach an. Und auch die örtlichen Geschehnisse drangen nach außen.

Die Nachricht einer Mordserie im Dorf musste sich wie ein Lauffeuer verbreiten.

Trotzdem Dölner langsam Verständnis für die Lage bekam, ärgerte er sich über die Rolle, die man ihm zugedacht hatte. Seine Karriere war noch nicht zu Ende. Ein Fauxpas konnte ihn ruinieren!

Und vor neun Monaten habe alles angefangen! Wer konnte sagen, wann es tatsächlich angefangen hatte? Unzivilisierte Wilde, die einen Traum hatten. Durch die Worte des

Richters, bekam diese Mordserie etwas Elementares. Erinnerte an Dantes Göttliche Komödie. Die Intrigen einer Handvoll Landbewohner aber durften die Interessen eines kaiserlichen Beamten nicht bremsen.

An diesem Punkt angelangt, schalt Dölner sich für seine unchristlichen Spekulationen. Und doch ... Schuldbewusst rümpfte er kurz die Nase. Hinter seinem Zögern steckte nicht nur Neugier! Es war noch etwas anderes, das ihn festhielt! Es war sein Hochmut! Sein verfluchter Stolz!

Schon immer hatte Dölner sich als wichtiges Rad im Weltgeschehen gefühlt, und hier hatte er die Gelegenheit, noch einmal seine Fähigkeiten unter Beweis zu stellen. Einmal hatte er Fragen, die man hätte stellen müssen, nicht stellen können. Es hatte sein Leben verändert. Diesmal musste er einfach eingreifen. In seinem Leben gab es noch etwas, das er in Ordnung bringen sollte. Und das könnte Dölners Existenz endlich die Logik und den Sinn bringen, mit denen er sich zufrieden geben konnte.

Die Brutalität der Morde war eine andere Angelegenheit. Das Bauernvolk war im Allgemeinen nicht zimperlich, und das erklärte vielleicht die Grausamkeit, aber nicht die Taten an sich.

Noch einige weitere Ungereimtheiten störten ihn. Ein scharfer Abgrund trennte das wilde Tier, das mordete, und die scharfe Intelligenz, die hinter den Verbrechen steckte, sodass man dem Täter auch nach Monaten nicht auf die Schliche gekommen war.

Aber noch zögerte der Kommissar. Nun, eine Sache, die den Leuten hier anscheinend Kopfzerbrechen verursachte, glaubte er schon herausgefunden zu haben. Langsam tauchte das Bild von entsetzlichen Wunden vor ihm auf.

Und das einer Waffe! Unheimlich, tödlich! Signifikant! Nur war jetzt nicht der Moment, den Gedanken zu Ende zu führen.

Und da gab es noch etwas anderes. Etwas Privates. Das Mädchen, die Magd, war stark und mutig. Ihre Müdigkeit, ihre Aufmüpfigkeit, ihr Trotz konnten diese Tatsache nicht verbergen. Dölners Mutter und seine zwei Schwestern waren Frauen mit Charakter gewesen. Bis heute hatte er nicht oft Frauen wie sie getroffen, und er sträubte sich dagegen, dieses einfache Mädchen mit seiner Mutter oder seinen Schwestern zu vergleichen. In einem kleinen Land konnten auch keine starken Charaktere wachsen. Hier war alles mittelmäßig. Jeder, der nicht im Gleichschritt marschierte, fiel unangenehm auf.

Trotzdem gab es immer Ausnahmen. Terese war vielleicht keine Dame, wie man es in seinen Kreisen erwartete. Mit ihrer Vitalität, ihrer sprühenden Art aber hatte sie eine Barriere in ihm zum Einstürzen gebracht. Es war lange her, dass er mit jemandem so offen geredet hatte wie mit dieser Magd.

In der Poststation wurde es ruhig. Aus den unteren Räumen waren die kleinen Geräusche verstummt. Es war schon spät, aber noch nicht Mitternacht, wie der Kommissar zu wissen meinte. Abends blieb die Landbevölkerung nicht lange auf, hatte er gehört. Mit dieser permanenten leisen Alarmglocke im Hinterkopf, die ihm keine Ruhe ließ, hoffte er sich geirrt zu haben in seiner Annahme, Terese habe einen Komplizen herbeiholen wollen. Das Mädchen schien Dölners Widerstreben verstanden und seinen Vorsatz, heute Nacht noch etwas zu unternehmen, aufgegeben zu haben.

Dölner reckte sich und gähnte. Es hörte sich an, als habe das Wetter sich etwas beruhigt. Der Regen hatte aufgehört, und die Böen kamen unregelmäßiger, flacher. Gerade, als Dölner beschloss sein Bett aufzusuchen, wie auch immer die Umstände sein mochten, vernahm er das Klappern von Holzschuhen im Flur. Er stand steifbeinig auf und öffnete seine Zimmertür.

Vor ihm stand die hartnäckige, respektlose Terese, die ihn neugierig ansah. Sie war außer Atem. Sie trug einen langen, dunklen Umhang mit Kapuze aus einer groben Webart und hatte ihre geflochtenen Rindenschuhe gegen schwere Holzbotten getauscht. In ihr Haar hatte sie bunte Bänder geflochten und wirkte munter und aufgekratzt. »Der Herr sieht aber müde aus. Doch es ist alles in Ordnung. Der ... hm, ist noch wach. Wir können jetzt gehen. Es ist ihm sehr daran gelegen, sich mit dem Herrn zu besprechen. Es sei dringlich. Es müsse endlich etwas unternommen werden.«

Dölner nickte ergeben und setzte seine Perücke auf. Es nützte alles nichts. Das störrische Ding würde jedes Aufmucken seinerseits im Ansatz ersticken. *Mente captus*, wie sein Instruktor zu sagen pflegte, wenn ein Studiosus sich gegen jede Vernunft zu etwas hinreißen ließ. Dummkopf – *Mente captus!* Aber ohne das Truglicht eines allmächtigen Weisen wäre Dölner trotzdem schnell wieder in sein Bett gekrochen.

Er nahm den kurzen, weiten Mantel mit den samtenen Schulterklappen, den wollenen Nasenschoner und drückte einen Hut auf seine Perücke. Er kramte in seiner Tasche nach dem Pulswärmer. Nach einem kurzen Zögern vergewisserte er sich, dass seine Begleiterin ihn nicht beobachtete und steckte den Brieföffner mit dem Perlmuttgriff in die

Manteltasche. Vorsicht schien geboten, und das Briefmesser war leichter zu handhaben als seine Pistole. Im Fall einer Begegnung mit dem Ungeheuer könnte sich das Monster beim Anblick des perlmuttgeschmückten Brieföffners auch verschlucken oder noch besser an einem Lachkrampf verenden. Die Probleme hätte man somit auf elegante Weise gelöst. Dölner gluckste leise. Ein paradoxer Fall brauchte eben eine paradoxe Behandlung.

Er folgte dem Mädchen, das schon ungeduldig mit dem Fuß wippte, in den Flur.

Sie gingen den langen Gang entlang zu einer Treppe, die nach einem rückwärtigen Ausgang führte. Immer wieder legte Terese mit einem leisen Zischen ihren Finger auf den Mund und sah sich vorsichtig um. Am Treppenabsatz nahm sie den Kommissar am Arm und führte ihn die knarrenden Stufen hinunter in einen Raum, in dem noch Essensdüfte hingen und mehrere große Kessel über einem fast erloschenen Feuer leise brodelten. In Wien waren Ställe und Arbeitsräume für gewöhnlich nebeneinander im Untergeschoss oder in einem Nebengebäude. Hier waren die Stallungen mit den Kutschenpferden gegenüber Dölners Zimmerfenster; die Küche dagegen im Eingang neben dem Essraum.

Terese drehte und riss an einem sperrigen Türriegel, bis er mit einem Knarren aufsprang. Mehrmals hob sie den Kopf und lauschte aufmerksam, aber im Haus blieb alles ruhig. Dann traten sie ins Freie, in die feuchte Kühle der Nacht, wo es nach Katze roch und die zwei Verschwörer nach einigen Schritten halsbrecherisch über eine halbgefrorene Schlammschicht glitten. Nach einem weiteren Blick über die Schulter hob Terese hinter der leeren Hundehütte einen umfangreichen Beutel auf und hängte ihn sich auf den Rücken.

Dölner, der nachts mit dem Sehen Probleme hatte, stolperte über einen Holzbock und fluchte. Danach verließ er sich ausschließlich auf seinen Tastsinn und hielt die Hände vorsichtig ausgestreckt, bis er auf der engen Dorfstraße war.

An einem Pfosten qualmte eine Fackel, verströmte trügerische Sicherheit und Wärme. Als Dölner sich an das karge Licht gewöhnt hatte, drehte er sich um. Zum ersten Mal bemerkte er, dass die meisten Häuser sich weiter unten um die Kirche drängten, wie Küken um die Henne, und nicht wie üblich in einer langen Linie aufgereiht waren.

Die Poststation ragte massig, dunkel und wenig einladend zwischen zwei hölzernen Torpfosten auf. Hinter einigen Fenstern im Dachgeschoss flackerte schwaches Kerzenlicht. Auch die Bediensteten gingen zu Bett. Sie waren immer die Letzten im Haus, die sich zur Ruhe begaben.

Bei seiner Ankunft hatte er angenommen, das Posthaus bestehe aus einem länglichen Anwesen. Jetzt verbesserte er sich. Mehrere kleinere Häuser waren miteinander verbunden worden. Man hatte keine Mühe gescheut, hatte Mauern eingerissen und Bögen gespannt, um Platz für das Postwesen zu schaffen. Das Ergebnis war kaum mehr als ein Lagerraum für Durchreisende. Rudimentär!

Es schien eine mondlose Nacht zu sein. Dann aber kam ein großer, gelbschimmernder Vollmond, der von jagenden Wolkenschleiern bedeckt war, zum Vorschein, und Dölner sah eine dicke, getigerte Katze, die genau vor seiner Nase auf einem ausrangierten Pflug saß, sich putzte und ihn hochmütig anstarrte. Im Gegensatz zu dem Beauftragten war sie hier zu Hause, und Dölner, der dicke Katzen hasste, spürte, wie Missmut in ihm aufkeimte.

Mit einem letzten Versuch, sich dem, was kommen sollte, doch noch zu entziehen, wandte er sich an seine Begleiterin, die ungeduldig herumzappelte. »Das können wir alles morgen erledigen, wie?«

Terese hob die Brauen, als zweifle sie an seinem Verstand. »Bei allem Respekt, Herr, er erwartet uns noch heute!«

Sie nahm eine Laterne, die an einem Pfosten hing, und zündete sie an. Dölner machte eine abwehrende Bewegung, als der Lichtstrahl sich in der zugefrorenen Pfütze spiegelte, und Terese schnaufte despektierlich. *»Maach virun!«*

Murrend und grummelnd setzte er sich in Bewegung. Sein Schuh machte ein saugendes Geräusch, als er den Fuß aus einem Schlammloch zog. *»Maach* was?«

Das Licht der Laterne wippte auf und ab, als sie über die unebene Straße gingen. Dölner starrte auf seinen Schatten, der chaotisch von einer Seite zur anderen hüpfte. Sie hörten nichts als ihre eigenen Schritte. Dann begann Terese rhythmisch abgehackte Worte vor sich hinzumurmeln. *»Mumm Aneleis, Mumm Aneleis ...«*

Es klang wie eine Weise, mit der man kleine Kinder beruhigte. Dölner, auf den die fremdartige Melodie eine sonderbare Anziehungskraft ausübte, wusste nicht, was die Worte bedeuteten, hätte ebenfalls aber gerne die Geister beschworen. Die Alarmglocke in seinem Kopf schlug jetzt schrillere Töne an. Er hastete Terese hinterher.

Eine Fledermaus auf der Jagd streifte dicht über seinem Kopf vorbei, flog wie ein Urzeitwesen hoch in die Lüfte, bevor sie hinter einem Baumwipfel verschwand. Dölner strich sich blind übers Gesicht und fummelte nervös an seinem Hut herum. Es durfte nun nicht weit von Mitternacht sein. Die Geisterstunde! Es war eisig kalt!

Sie waren bei einem größeren Gebäude angelangt. Das Herbstlaub wirbelte durch die Gasse und sammelte sich an seiner Mauer. Es war dunkel. In einem eisernen Halter war die Fackel erloschen. Als der Mond wieder hervorkam, sah Dölner spitze Giebel und blanke Fenster, die ihm wie Augen vorkamen und ihm Angst machten. Die Kirche und daneben der Friedhof! Heiliger Lukas, heiliger Andreas, heiliger Schutzpatron ... Der Friedhof! Mit vielen neuen Gräbern!

Widerstrebend setzte er sich in Bewegung, stolperte an der eisernen Pforte über das Joch eines Ochsen, das vernachlässigt am Straßenrand lag, und hatte Mitgefühl mit dem Tier. Neben dem bedeckten Waschbrunnen brannte ein Feuer, jemand musste erst kürzlich Scheite aufgelegt haben, denn ein paar Funken stoben auf, und der frische Holzgeruch kitzelte den Kommissar in der Nase.

Einigermaßen beruhigt blieb Dölner stehen, sah über die Schulter. Die Hauptstraße mit im Schlamm tief eingegraben Furchen – grau! Windschiefe Holzschuppen und Pferdeställe mit Haltern für die Zügel der Tiere auf beiden Seiten der Poststation – trostlos und grau! Die meisten Häuser um die Kirche waren niedrig und eng, die Fenster oft mit Brettern verbarrikadiert. Blinde Augen, die nichts sahen oder nichts sehen durften!

*»Mumm Aneleis, Mumm ...«*

Der Schrei einer Eule, der aus einem nahen Gebüsch kam, schien sich in ein gespenstisches, menschliches Gekicher zu verwandeln. Dölner fuhr zusammen, stiefelte dann verbissen weiter, bis er seine Begleiterin eingeholt hatte.

»Was spricht dagegen, dass einer dieser Mistbauern selbst das Dorf Mann für Mann ausgerottet hat! Aus lauter Missmut! Es wäre tatsächlich ein Ausweg!«, knurrte er zwischen seinen Zähnen. »Auch Kommissar Dölner wäre imstande, den einen oder anderen hier zu meucheln!«, fügte er hinterhältig hinzu.

Terese murmelte etwas. Sie atmete vernehmbar, stockend, sah sich kurz um und ging weiter. Wie zwei Kälber im Herdentrieb oder zwei Chorknaben in einer Geisterprozession trotteten sie die einsame Straße entlang.

Plötzlich hielt Dölner inne und schnappte nach Luft. In einer Einfahrt, in einen formlosen Umhang gehüllt, stand eine reglose Gestalt, die einen Stab in der Hand hielt. Ein ehernes, massives Standbild – drohend und militaristisch. Die Straße, die eben noch menschenleer schien, hatte plötzlich Komparsen dazubekommen.

Alarmiert machte Dölner einen Satz zur Seite, stolperte gegen einen Mauervorsprung, fluchte unterdrückt und keuchte dann seiner Begleiterin hinterher. »Hat sie den Mann gesehen? War das eine Sense?«

Terese antwortete nicht und hastete weiter.

Dölner knirschte mit den Zähnen und rieb sein Knie, dem er mehr Verstand zugestand als sich selbst.

Ein paar hundert Meter weiter, am Ortsrand, neben einem verwitterten Wegweiser mit den eingeritzten Buchstaben *Klierf*, der abweisend nach Norden wies, blieben sie endlich vor einem Haus stehen, das noch schmalbrüstiger war als seine Nachbarn. Die Mauern, von demselben schieferartigen Gestein wie das Posthaus, sahen baufällig aus. Terese klopfte mehrmals mit der Faust an die Tür und sah wieder über ihre Schulter. Eine Stimme antwortete. Dölner blies den Atem geräuschvoll aus. Es lief genauso, wie er es sich vorgestellt hatte: das ganze Drumherum eines inszenierten Auftritts!

Sie warteten. Die Luft fühlte sich schneidend an. Sie konnten den Wind hören. Terese, die ihre Angst jetzt anscheinend überwunden hatte, zappelte ungeduldig, und Dölner fröstelte. Die Einsamkeit hüllte ihn wie in ein bleiches Linnentuch ein und war, seinem Empfinden nach, physisch zu spüren. Verzweifelt suchte der Kommissar in der Umgebung weitere Statisten auszumachen. Von irgendwoher schien der Klang einer Mundorgel zu kommen und versetzte ihm einen weiteren Schock.

*»Mumm Aneleis ...«*

Der Kommissar zog die Schultern ein. Sollte der ehrenwerte Richter seinen ersten Beamten so sehen – Schmach wäre ein zu mildes Wort!

Neben einem Kehrichtfass, an einer angebauten Stallwand, schnüffelte eine Ratte in einem Abfallhaufen herum. Dölner konnte ihr weiches Fell und die kleinen, spitzen, scharfen Zähne sehen. Ein nagelneuer Riegel an der Tür zum windschiefen, verfallenen Stall fiel ihm auf.

Der Mann, der jetzt öffnete und dabei aufgeregte, entschuldigende Bewegungen machte, hatte keinerlei Ähnlichkeit mit dem jungen, kunstbegabten Naturburschen, den Dölner erwartet hatte. Er war wesentlich älter, trug Sandalen an den bloßen Füßen und war, seiner Tonsur nach zu schließen, ein Mönch. Und er war winzig. Dölner war nicht groß, aber er überragte diesen Mann um eine gute Kopflänge.

»Pater Ireneusz weiß Bescheid. Er gehört zum Kloster. Er ist ein Heiler. Der Herr kann ihm vertrauen«, verkündete

Terese fröhlich. »Ihr redet beide. Ich geh dann mal für eine Stunde nach Hause zu meiner Mama.« Sie hüpfte über eine Rinne in der Gasse, schwang ihren Beutel und verschwand federnden Schrittes in die Dunkelheit, wobei sie die verzweifelten Gesten ihres hochwohlgeborenen Begleiters geflissentlich ignorierte. Ihre Zöpfe mit den bunten Bändern flogen unternehmungslustig hinter ihr her.

Äußerst geniert musterte der Justizbeamte die schmächtige Gestalt mit den hängenden Schultern in der mehrfach geflickten Kutte im Türbogen und begann an der Urteilsfähigkeit seiner Bundesgenossin zu zweifeln. Der Mönch hier schien nicht einmal in der Lage, zwischen den Vigilien und dem Rosenkranz zu unterscheiden. Nach einem Weisen sah er nicht aus. Dölner hegte aber seit ein paar Minuten den Verdacht, dass man ihm selbst offensichtlich eine gut vorbereitete Falle gestellt hatte. Der Tag war noch nicht zu Ende, und es war schon die zweite Falle, in die er tappte. Eigentlich hätte er gewarnt sein müssen.

# 9. Kapitel

*Wie ein unbeholfener Bär war der Kommissar der Terese durch das dunkle Dorf hinterhergetappt. Er war der Idee seines Koffers gefolgt wie der Esel einer leckeren Mohrrübe. An der Friedhofmauer, an dem morschen Holzbrett, hatte er sich fast den Hals gebrochen. Als er die Wache im Eingang zum Sattler bemerkte, hatte ihn um ein Haar der Schlag getroffen.*

*Der Rächer wollte nicht, dass dem Kommissar etwas widerfuhr. Als der Kurier in der Our ertrank, hatte er gleich erkannt, dass dieser Zwischenfall genau in seine Pläne passte. Sobald der Meier begann, sein Netz zu spinnen, war auch seine Chance gekommen. Diesmal würde es ihnen nicht gelingen, etwas zu verhüllen. Man würde nichts verdecken. Der Kommissar aus Wien kam ihnen allen recht. Nicht zuletzt dem Rächer. Von allem, was passieren würde, sollte er Zeuge sein.*

* * *

Nach einem kurzen Zögern hüstelte der Pater und trat zurück, wobei seine abgetretenen Sandalen auf den Holzdielen ein klatschendes Geräusch machten. Sein grauer Haarkranz schwebte in der Luft wie ein buschiger Heiligenschein, und eine auffällige, gezackte Narbe leuchtete auf seiner blassen Stirn. Seine Nase hatte einen imposanten Höcker, und ein mehrere Tage alter Bart gab ihm das Aussehen eines Stromers, was den Heiligenschein als solchen dementierte.

Dölner klopfte bedächtig die Dreckspritzer von seinem Mantel ab. Er folgte dem leise vor sich hingrummelnden

Mönch durch eine schmale Küche mit einem schwach glimmenden Kaminfeuer in eine Zelle, die sich durch die vielen Gegenstände, die überall herumlagen und standen, gleich als der Arbeitsraum des Heilers zu erkennen gab. Wurzeln, getrocknete Kräuter, Knoblauchknollen und zusammengebundene Blumensträuße hingen an langen Seilen oder an splitternden Holzhaken von der Decke. In Regalen und Kästen standen Töpfe, Flaschen, Krüge, denen aromatische Gerüche entströmten. Auf einer billigen Konsole aus hellem Fichtenholz kachelte ein scharf riechendes Gebräu in einem Kupfergefäß über einer Kerze und reizte Dölners Atemwege, als er daran schnupperte.

Weitere dampfende Kasserollen und Töpfe über unterschiedlichen Feuerquellen sorgten für eine gemütliche Wärme und verliehen dem düsteren Raum gleichzeitig etwas Farbe. Pater Ireneusz gab vage begrüßende Laute von sich und rückte überquellende Töpfe und Pfannen beiseite. Er half Dölner seinen Mantel ablegen. Um für seinen Gast Platz zu machen, fegte er Leinenzeug und Tuchlappen von einem Schemel – mitsamt einem zappelnden Gegenstand, der sich blitzschnell in die Küche verkrümelte und sich später als graue Katze entpuppte.

Trotz dieser Beflissenheit und den gemurmelten Höflichkeitsbezeugungen konnte Dölner die Missbilligung und argwöhnische Vorsicht förmlich spüren. Es war nicht zu übersehen: Dem Pater waren seine Ängste wie mit Feuerzeichen auf die Stirn geschrieben. Seine Narbe glühte wie das Abendrot.

Mühsam hob Dölner einen Lappen auf und wischte methodisch die Schlammspuren von seinen Stiefeln. Stöhnend richtete er sich auf. »Es wird noch was runterkommen«, sagte er dann. »Das Reißen in meinem Kreuz sagt: Schnee.«

Der Mönch hantierte mit einem Krug und einem Becher. Dann sah er Dölner an und nickte zustimmend. »Meine Hühneraugen sagen dasselbe.« Seine Stimme schien aus einer tiefen Höhle zu kommen und grollte beschwichtigend. Der Wicht hatte eine Stimme, die zu einem Hünen gepasst hätte.

»Hm!« Dölner suchte krampfhaft nach einem weiteren Gesprächsstoff. »Draußen am Friedhof hab ich einen Mann gesehen. Er trug eine Sense«, verkündete er endlich.

Der Pater warf ihm einen Blick zu. »Das macht schon Angst, wie? Aber die Leute sind verängstigt und suchen sich zu schützen. Es gibt einige weitere Wachtposten in der Umgebung. Aber es war eine Hacke! Keine Sense!«

Wenn das Vertrauen in die Autorität fehlte, suchte man sich zu wehren. Mit den Mitteln, die man besaß! Die Gehöfte lagen weit auseinander und die Morde waren mit einer derart grimmigen Brutalität ausgeführt worden, dass niemand es den Leuten verübeln konnte. Nicht einmal der Kommissar – auch wenn Selbstjustiz dem Staatsdiener Dölner natürlich nicht geheuer war!

Er schielte über die Dampfschwaden und betrachtete den unbehaglich dreinschauenden Mönch mit nachdenklichem Blick.

Wie hatte das passieren können, dass er nun hier saß inmitten dieses Albtraums, in einem Dorf wie diesem? Anno domini 1662 war man hier noch fast im Mittelalter. Nachts mussten Sagen über Werwölfe, Untote in der Gegend grassieren. Am Herd oder am prasselnden Kaminfeuer, während den Dörflern wohlige Schauer den Rücken herunterrieselten und große, krachende Scheite vom Rost fielen, entspannen sich Schauermärchen, machten gruselige Geistergeschichten die Runde. Der Hofrat, der eine blühende Phantasie besaß, fragte sich, inwieweit sie den Täter beeinflusst hatten. Schon in vielen Kinderfabeln war man nicht gerade sparsam mit abgetrennten Gliedern und abgehackten Köpfen.

»Hm! Eine Bürgerwehr wird es nicht lange aushalten«, sagte Dölner und hielt den Blick fest auf den Pater gerichtet. »Es geht so oder so!«

Ireneusz schwitzte und wischte sich die Stirn. Dann nickte er und stellte Dölner ein dampfendes Getränk hin.

Der Kommissar nippte daran und verzog das Gesicht. Es war etwas Hochprozentiges, herb, würzig, aber ganz schmackhaft. Es roch nach Apfelschnaps und Zimt. Er nahm einen weiteren Schluck, änderte seine Sitzposition und räusperte sich. »Ich verstehe die Panik der Leute, aber ein Eingreifen meinerseits ist unmöglich. Ich befinde mich außerhalb meines Zuständigkeitsbereichs.« Er machte eine steife Bewegung. »Das Wiener Reichsamt ist ziemlich penibel, was seine Beamten betrifft.«

»Es braucht viel Zeit, die Dokumente aus der Velleyze zu trocknen«, meinte Ireneusz listig. Er schenkte nach.

Dölner schnippte mit den Fingern. »Ich kann das nicht ohne Genehmigung angehen. Ich muss meinen Vorgesetzten Bericht erstatten.« In seinem Amt war man über außerberufliche Aktivitäten der Abgeordneten bestens informiert. Ein peinlich genauer Stab schnüffelte den gut verdienenden Mitarbeitern missgünstig hinterher.

»Der Herr wird auch keine Unkosten haben. Die Zunft der Piffer und Musikanten hat zugesagt, etwas Geld zu spenden. Es ist nicht viel. Sie sind nicht reich«, sagte der Pater entschuldigend.

Erstaunt sah Dölner ihn an. »Ich nahm an, die Dorfgemeinschaft wolle Jan diese Verbrechen anhängen?«

Der Mönch sah zur Seite. »Es gibt einige, die das wollen, ja. Aber nicht alle. Jan wird der Prozess gemacht. Er wird gehängt, und die Morde gehen weiter. Wie stehen wir dann da?«

»Es wird Vergeltungsmaßnahmen geben?« Argwöhnisch musterte Dölner den Pater.

»Ja. Der Seigneur hat einen Sohn, der schwierig ist. Es gibt schon Gerede.«

Auch Terese hatte angedeutet, dass die Dorfbewohner sich auf einen Täter aus der Bourgeoisie oder aus Adelskreisen geeinigt hatten. Der Sohn des Seigneurs schien alle Voraussetzungen zu erfüllen.

»Schwierig? Wieso schwierig?«

»Der Sohn ist von buckliger Gestalt, er redet mit sich selbst.« Der Pater ging zu der wackligen Konsole und rührte andächtig das scharfe Gebräu in einem Kupfergefäß. Er sah zu Dölner hin. »Aber er hat ein sanftmütiges Naturell, und sein Vater liebt ihn.«

Dölner schürzte die Lippen. Das sah nicht nach einem Massenmörder aus. Eher nach einem Opfer. Der Junker war das geborene Opfer. Aber der Vater war einflussreich und würde nicht untätig zusehen. Dölner sah die darauf folgenden Hexenjagden und Verfolgungen lebhaft vor sich. Den Schandpfahl, die Scheiterhaufen ... Es wäre der übliche Verlauf.

Sollte es irgendwann zu einem Urteil kommen, dann war die Jurisdiktion eine Gefährtin, die sich dem in Gnaden zuwandte, der mit ihren Interessen nicht in Konflikt war. Bei flagranten Ungerechtigkeiten wurde dem Wiener Justizbeamten aber bewusst, dass er äußerst jähzornig sein konnte. »Das mit den Opfern, alles junge Leute, alle in demselben Ort, ist wahrlich eine üble Geschichte«, brummte er. Ohne zu wissen warum, ergriff er eine der herumliegenden kleinen Raspeln oder Schabeisen und drückte das Gerät, bis die Knöchel seiner Hand weiß hervortraten und der Schmerz ihm die Tränen in die Augen treten ließ. Er stieß einen derben Fluch aus, warf die Reibe weg und schüttelte seine Hand.

Pater Ireneusz hüstelte. »Der Herr ahnt ja nicht! Der Meier ...«

»Ja, ja«, sagte Dölner. »Ich weiß! Der Meier hat eine einflussreiche Familie.« Aber ein Führungsmensch, dem alle wie Schafe folgten, hätte womöglich Etliches bewirken können. Darüber konnte man nachdenken.

»Der Herr könnte aber zu Recht jede Hilfe vom Meier und vom Abt einfordern«, Ireneusz warf dem Agenten einen berechnenden Blick zu. »Dem Gouverneur wäre es eine Ehre, dem Fürsten Taxis, hm, Thurn und Taxis seine Dankbarkeit für die Hilfe zu bezeugen. Es wäre ihm ein Anliegen, die Mittel dazu hat er. Sollte der Herr Hofrat allerdings uneinsichtig sein«, der verschlagene Ireneusz zupfte an seiner Kutte, »könnten einige der Einwohner, die es besonders hart getroffen hat, versuchen, Euer Gnaden mit ziemlich unangenehmen Mitteln ...«

Dölner, der den Pater mit dem ausdruckslosen Blick einer Klapperschlange anstarrte, spürte wie eine Welle von unkontrollierbarem Zorn seine Müdigkeit verdrängte. Er blieb stocksteif stehen und unterdrückte einige mordlustige

Gedanken. Ein abgekartetes Spiel! Nach zwei, drei Minuten verdrießlich abwägender Überlegungen informierte er seinen verdutzt dreinschauenden Gastgeber, dass sein Aufenthalt hier nicht unendlich ausgedehnt werden konnte. Dass auch seine Geduld begrenzt sei und, sollte man ihm weiter zusetzen, er das ganze verdammte Dorf durch eine französische oder spanische Garnison zur Rechenschaft ziehen könnte.

Der Pater lachte forciert. Er zögerte einen Moment: »Der Herr scheut keine Mühe, sich seiner Verantwortung zu entziehen. Ist ihm bewusst, dass er allein durch seine Gegenwart bereits in den Akten des Falles registriert ist?«

Dölners Wangenknochen bebten wie die eines Hamsters. Ärgerlich starrte er den Pater an, der sich wieder mit seinen Zaubertränken beschäftigte.

Plötzlich, ohne Grund, stand der Kommissar auf, nahm eine Kelle, die herumlag, und schöpfte eine anständige Portion von dem scharf riechenden Zeug aus dem Kupferkessel. Dann kippte er sie unter den aufgerissenen Augen seines Wirtes hinunter. Er hatte keine Ahnung, warum er das tat, glaubte aber, eine Provokation sei längst fällig.

»*Oh, Freck!*« Der Mönch sperrte die Augen auf und riss Dölner die Kelle aus der Hand.

Dieser spürte, wie sein Herz anfing zu klopfen. Der Schrecken des Paters jagte ihm nachträglich richtig Angst ein. Langsam ging er wieder zu der Konsole und schnüffelte misstrauisch am Gebräu. Es roch nach einem Knollenblätterpilz. Der Geruch war erdig, muffig, dazu beizend stark und ausgesprochen herb. Dölner, mit seiner ständigen Krankheitsbefürchtung, kannte sich mit seltenen Kräutern aus. Und über die gefährliche Wirkung einiger Pflanzen war er sehr wohl im Bilde. Aber dem Bitteren sagte man auch nach, es sei besonders heilsam. Keine Panik also, Leonard Dölner!

Der Pater musterte ihn besorgt mit hochgezogenen Brauen. Die Kelle hielt er noch immer in der erhobenen Hand wie eine Waffe. Er erinnerte Dölner an eine Statue aus seiner Wiener Pfarrkirche. Ein zorniger Engel vor den Pforten des Paradieses, der den Unwürdigen den Eintritt verwehrt.

Die Dämpfe schufen im Zimmer eine dunstige Atmosphäre, und er fühlte sich zunehmend wie in einem Trancezustand. Unternehmungslustig, berauscht, glücklich ... Dölner schwankte. Vielleicht hatte er Fieber?

Sein Zahnschmerz, auch sein Kopfweh, waren dagegen fast verschwunden. Das Getränk hatte eine stark betäubende Wirkung. Ireneusz musste die uralten Kräfte beherrschen. Ein glattgesichtiger Winzling, der mit gespaltener Zunge redete, das war er. Aber er war auch ein Schamane, kein Zweifel! Vielerorts gab es sie noch, wenn es auch stets geleugnet wurde: Druidenpriester, Schamanen, Magier!

»Glaubt Ireneusz, dass hinter den Morden etwas Politisches stehen könnte?« Dass eine ausländische Macht hier Unruhe stiften wollte, wäre eine Möglichkeit. Den fiesen Spaniern war in dieser Hinsicht nicht zu trauen.

»Politisch? Du meine Güte! Was könnte das denn sein? In unserem Dörfchen hat man uns stets von so was strategisch Wichtigem wie Politik ferngehalten! Na so was ...« Ireneusz lachte fröhlich.

»Vergessen wir also die Politik! Reden wir vom Wetter!« Aber Dölner hatte Mühe, die Augen aufzubehalten. Als er es versuchte, spürte er ein plötzliches Schwindelgefühl. Er schien zu schweben, flog schwerelos an der Decke herum, sah sich selbst unten mit dem Mönch palavern. Ein harmonisches Bild, das seine Seekrankheit aber verstärkte. Er war entsetzlich müde. Eine ungewohnte, bleierne Schläfrigkeit. Vergebens sah er sich nach einem Kissen um. Nach einem erholsamen Schläfchen würde der Albtraum verschwinden, und er hätte sein Leben wieder. Zuerst aber brauchte er ein Nickerchen. Wann hatte er zuletzt geschlafen? Ein paar unbequeme Stunden in der Kutsche, geplagt von seinem bohrenden Backenzahn, der ihn seit Jahren wie eine Heimsuchung begleitete. Zwei unruhige Stunden mit schwerem Kopf in einem Posthaus an einer Grenzstation nach zu reichlichem Weingenuss. Dölner seufzte, fasste sich etwas wehleidig an Kopf und Wange und fand sich dann am Boden wieder. Er merkte, dass Ireneusz ihn noch immer aufmerksam beobachtete und fragte sich, was der intrigante, krumme Zwerg diesmal im Schilde führte. Sicherlich nichts Gutes.

»Wir warten also noch. Auf was auch immer! Und noch etwas, Pater. Diese Pflanze, die Ellebos, rieche ich meilenweit. Nieswurz gegen den Fluss der schwarzen Galle ist seit Jahrhunderten nur dem approbierten Medikus gestattet. Es hat starke Nebenwirkungen. Wie alle antiken Medizinen. Auch wenn es die Nerven beruhigen soll«, rief Dölner dem sichtlich geschrumpften, auf und ab laufenden Mönch ins Gedächtnis. »Und die Nutzung des gelben Pigments, des Massicot ...!« Darüber kannte er sich weniger aus. Dass als letzte Rettung hoffnungsloser Fälle Verbote öfter umgangen als eingehalten wurden, war ihm aber bewusst. Auch die ablehnende Haltung vieler seiner Mitmenschen Drogen gegenüber, ihr gewollt angeprangertes Unverständnis, leuchtete ihm nicht ein.

Pflanzenextrakte schienen dem Kommissar interessanter als die Methoden der spanischen Sangrados, Aderlasser und Warmwasserbefürworter. Obwohl viele seiner Amtskollegen darauf schworen, jagten sie ihm Angst ein.

Wann kam endlich die vermaledeite Terese? Konnte er sich überhaupt aufrecht halten? Diese Leichtigkeit im Kopf! Er sah an die Decke.

Über einem brodelnden Topf baumelte an einem langen Faden ein zappelndes Etwas, das aufgeregt versuchte, der Gefahrenzone zu entkommen. Eine Spinne auf der Suche nach einer fetten Beute, die in eine missliche Lage geraten war? Dölner fixierte das Insekt ohne jegliches Mitgefühl.

In der Ferne bellte ein Hund. War es derselbe wie vorhin oder diesmal ein anderer? Er musste etwas gewittert haben, denn er schien völlig durchgedreht. Er jappte asthmatisch, kläffte heiser nach allen Richtungen. In Dölners Kopf läuteten wieder Sturmglocken.

Ireneusz begann heftig in seinen Töpfen zu rühren. Seine Hand zitterte. Als er ein Gebräu mit der Kelle probierte, verschüttete er die Hälfte davon.

Dölner runzelte die Stirn und sah den Pater unbehaglich an. »Was zum Teufel? Ob die Bestie es wagt? Und das dumme Ding – strolcht draußen herum, wo dieser Mordbube nur auf eine Gelegenheit lauert! Frauenzimmer – einsperren sollte man sie!«

Der Mönch legte seine Kelle nieder.

Sie atmeten beide auf, als der Hund sich beruhigte. Minutenlang saßen sie dann stumm abwartend beieinander, bis aus der Richtung des Postrelais ein lang gezogener Ton wie das Heulen eines wilden Tieres erneut das nächtliche Dorfleben unterbrach.

Etwas verspätet tastete Ireneusz nach einem Verteidigungsutensil und ließ sich leise jammernd mit einem langen Holzlöffel in der Hand auf einen Hocker fallen. Erst als der Bann brach, schob er den Löffel an seinen ursprünglichen Platz.

Auch Dölner atmete auf. Seine Anspannung wich wie die Luft aus einem Blasebalg. Er starrte wieder auf die Spinne, die es in eine ungefährliche Ecke geschafft hatte.

Unverständliche Flüche vor sich hinmurmelnd, versuchte er seine Atmung und seinen Herzschlag zu kontrollieren. Dabei fiel sein Blick auf eine kleine Zeichnung, die jemand mit einem Nagel an der rau verputzten Wand befestigt hatte. Eine Blumenlandschaft: idyllisch, schön, poetisch. Im Hintergrund ein Landhäuschen aus Schiefergestein. Die Fenster schimmerten golden im Licht der untergehenden Sonne, verwehrten aber wie ein Spiegel jeden Blick ins Innere.

Dölner stand steifbeinig auf, um das Bild näher zu betrachten, und schnappte dabei den wieder gegen die Mauer gelehnten Krückstock. Seine verschmutzten Stiefel quatschten zustimmend. Er musterte die Zeichnung. Der Junge hatte wirklich Talent. Mit etwas Glück könnte er eine glänzende Karriere machen.

Dölner schlug mit der flachen Hand auf sein Knie: »Ich glaube, das ist der Grund ...«

»He?«

»Der Grund, warum man den Burschen nicht mag! Er hat Talent. Er könnte es schaffen, sich abzusetzen.«

Der Pater sagte entrüstet: »Aber viele mögen Jan. Sind sogar stolz auf ihn.«

»Ah ja!« Dölner hatte genug gesunden Menschenverstand, sich ein Bild von der Mentalität in einem Provinznest zu machen. Und die Mentalität einer Bande von Krämerseelen zu verändern, war schwerer, als ein Pamphlet zu verfassen. Der Hofrat ließ sich auf seinen Stuhl zurückfallen und warf den Krückstock in die Ecke.

Ireneusz sah ihn an. »Im Frühjahr, wenn der Ginster blüht, sollte der Herr hier sein. Alles auf den Hügeln ist gelb. Das Grün der Wiesen ist dunkel und satt, und kleine, blaue Blumen setzen genau die richtigen Farbtupfer.«

»Was er nicht sagt!« Schnapsnase.

Ireneusz lachte geniert. »Jaja! Leider hat der Meister, dieser andere Maler, die Öllandschaft in der jetzigen Jahreszeit mit einer düsteren, braunschwarzen Farbe grundiert und dann darauf eher spärliche Akzente gesetzt.«

»Da hat er recht! Es ist ganz schön beängstigend für einen Stadtmenschen! Aber das, was der Junge malt, ist schön.« Dölner zeigte auf das Bild. Der Junge schien ein glückliches Naturell zu haben. Da waren keine dräuenden Sturmwolken oder düsteren Moorlandschaften zu sehen, wie man es erwarten könnte. Nur diese blinden Fenster. »Auch das Häuschen gefällt mir.«

Ireneusz räusperte sich: »Es ist das Haus einer Witwe. Es liegt am anderen Ortsende. Für ein kleines Entgelt, wäre sie bereit ... Sie hat eine Schwester, zu der sie für eine Weile ziehen könnte.«

Dölner suchte seine Gedanken zu sammeln. »Ein Landhäuschen für den Kommissar? Man hat alles sorgfältig geplant, sehe ich! Trotzdem läuft irgendwas nicht so, wie es soll, wie?«

Der Mönch rieb seinen Nacken.

Dölner beugte sich zu ihm hinüber: »Ireneusz hat angedeutet, die Obrigkeit befürchte Unruhen. Unter diesen Umständen und mit dieser Vorgeschichte könnte man das Militär anfordern.«

Ireneusz wandte den Blick ab. Er drehte sich um und wechselte seine Töpfe hastig auf andere Wärmequellen. Seine Wangenmuskeln zuckten unkontrolliert. Die marodierenden Söldner, Dragoner und Landsknechte waren für die Bevölkerung offenbar genauso ein Gräuel wie das Monster! Bauern und Soldaten, seit jeher Todfeinde.

»Einen herzoglicher Verband!«, schlug Dölner vor. Durch das Gebräu erschien vieles machbar.

Der Pater hielt den Blick beharrlich gesenkt.

Unbehaglich räkelte Dölner die Schultern. Für einen Moment wirkten die dunkle Mönchszelle wie ein Kerker und die zahlreichen Feuerquellen wie kleine Scheiterhaufen. Dann wischte er die Gespenster weg, streckte sich, und, um einen Rest von Gelenkigkeit zu bewahren, machte er ein paar vorsichtige Rumpfbeugen. Der Schmerz in seinem Knie, obwohl gedämpft, machte ihm sein Vorgehen schwer.

»Ständig brauchen die Leute einen Verantwortlichen. Der junge Künstler ist sicher nicht der Einzige, den man loswerden möchte. Wie war das bei anderen Katastrophen? Nostradamus selbst hat da einen interessanten Vergleich gezogen. Einen wirklich treffenden Vergleich! Wie war das noch gleich ...?« In seinem Kopf schwebten Wölkchen leicht hin und her. Der Vergleich des Nostradamus wollte ihm nicht einfallen.

»1635, als die Pest das halbe Dorf Clerf weggerafft hatte, war die Dorfhexe schuld, die Frau, die in der Klause hauste.« Der Mönch nickte gedankenvoll.

»Ah?«

»Eine verheerende Krankheit, wenn es je eine gab. Es blieben genau sechzehn Feuerstellen. In einigen Wochen wurden ganze Familien ausgerottet, sogar die eine oder andere Zunft. In der Hauptstadt verschwand die Gilde der Ziseleure fast vollständig, sagt man. Der Abt hat immer noch Albträume. «

»Hm. Soso. Die Dorfhexe, sagt er?«

»Sie verschwand spurlos, ehe man sie zur Rechenschaft ziehen konnte. Drei Jahre später tauchte sie wieder auf, sah aber anders aus. Plötzlich konnte sie sogar das Schicksal aus den Schwingungen der Flügel eines Vogelschwarms vorhersagen. Aber das hier hat sie nicht geweissagt.« Der Pater rührte mit rundem Rücken in seinen Zaubertränken.

»Es war eine andere.« Dölner grunzte. »Mir scheint, die Leute hier klopfen sich ständig auf die Brust. Was zum Teufel haben sie sich zuschulden kommen lassen?«

Der Pater schien zu überlegen. Seine Brauen berührten fast den grauen Haarschopf. »Mit dem Fasten hält es nicht jeder so genau, und im Winter, wenn der Schnee meterhoch liegt, ist es für die entlegenen Höfer nicht leicht, regelmäßig den Gottesdienst zu besuchen«, sagte er bedächtig.

Dölner hüstelte. »Ich dachte eigentlich an etwas eher Weltliches. Ein Verstoß gegen die guten Sitten? Ein Verrat? Ein Betrug? Etwas in der Art.«

Ireneusz wand sich auf seinem Stuhl, auf dem er sich wieder niedergelassen hatte. Als er sich räusperte, bekam er einen Hustenanfall, der sich wie das Rumpeln eines beladenen Schubkarrens anhörte.

»Verschluck er sich bloß nicht, Mönch! Es wäre mir sehr unangenehm der Verursacher eines weiteren Todesfalles zu sein«, brummte der Kommissär.

Der Mönch schürzte die Lippen. »Der Herr macht seinen Spaß. Haha!« Er kicherte, aber sein Gesicht war eingefallen, und seine Augen huschten hin und her. Während Dölner lauerte, begann er die Ingredienzien seines neuen Hustensaftes – Sauerampfer, Löwenzahn, Eisenkraut – zu beschreiben. Unverdrossen und sehr realistisch untermalte er die Verordnungen mit Keuchen und Spucken.

Höhnisch verfolgte der Hofrat sein Bemühen. »Mit dieser Camouflage ist nichts gewonnen, guter Mönch«, stellte er fest. »Es geht um Mord. Um mehrere Morde. Was ans Tageslicht kommen soll, wird herauskommen. Man sagte mir auch, Ireneusz sei mächtig daran gelegen, diese Mordserie aufzuklären.«

Ireneusz zog die Schultern ein. Im Nebenraum gab es ein Kollern, dann ein Blöken und Stampfen. Ireneusz, dessen Lebensfreude plötzlich wiedererwacht war, lief hinaus.

Dölner runzelte die Stirn. Was zum Henker konnte der gute Pater in dem Stall, außer Ziegen und Schafen, noch beherbergen? Ein Pferd? Ein bestimmtes Ardennerpferd? Wo war sein Reiter? Und wo war Terese, die intrigante Vermittlerin?

Es war das Privileg der Jugend, egoistisch zu sein. Terese hatte sich ein blaues Band in die Zöpfe geflochten. Sie hatte sich hübsch gemacht, um ihre Mutter und den Pater aufzusuchen. Von wegen Familienbesuch! Dölner fiel der neue Riegel an der Stalltür ein.

Als der Pater wieder auftauchte, hatte er seine Aufregung überwunden und wirkte gefasster. Zu Dölners großer Überraschung hielt er neben einem Kochtopf mit einer Brühe auch Tereses dicken Beutel in der Hand. Er stellte den Topf auf eine Flamme, öffnete den Beutel und legte seinen Inhalt

– etwas Pökelfleisch, ein Stück fettigen Speck und zwei Würste – daneben, obwohl auf dem wackeligen Tisch kaum Platz blieb. Dölners Magen zog sich, trotz seiner üppigen Abendmahlzeit, hungrig zusammen. Fettes Essen am Abend tat seinem Bäuchlein überhaupt nicht gut, aber, *sacrebleu*, einem *Pot au feu* hatte er noch nie widerstehen können. Zuerst aber ...

Dölner sah den Mönch an. »Der Pater erzählt ziemlich umständlich und kommt nicht zum Kern. Ireneusz soll lieber nachdenken. Wem hat diese Geschichte genutzt? Was hat sich seit dem Mord an dem Müllersohn, diesem Bert, geändert? Wessen Leben hat sich deutlich verbessert?«

Der Pater schüttelte den Kopf. Er schlurfte wie ein alter Mann in die Ecke zu einem hölzernen Werkzeugkasten. Wie ein schmollendes Kind stellte er sich in eine Ecke mit dem Gesicht zur Mauer.

»Und noch was! Jeder kann der Mörder, kann aber auch das nächste Opfer sein!« Dölner setzte seine überheblichste Miene auf. »Ireneusz soll endlich mit seinen Befürchtungen herausrücken.«

Ireneusz schwankte etwas, als er einen rostigen Haken aus dem Kasten fischte und ihn neben ein Bündel Knoblauchknollen legte. Er bewegte ablehnend seinen Kopf.

## 10. Kapitel

*Der alte Mann atmete auf, als die Tür aufsprang und er diesem Ort mit seinen bedrohlichen Lauten entkommen konnte. Erleichtert sog er draußen die kalte, feuchte Luft ein. Er hatte alles erzählt, was der unberechenbare Mensch unter seiner Kapuze hören wollte. Dass der Abt nicht aufhören konnte, von der Pestplage zu reden. Obwohl jeder sonst sie längst vergessen hatte. Dass der Gouverneur vorhatte ein Armenhaus zu bauen. Dass immer mehr Dörfler zur Beichte gingen. Dass man Jan verdächtigte, mit dem Mörder unter einer Decke zu stecken und Georg Thillen in Geschäften oft nach Brüssel und Amsterdam schicke. Er hatte von Florentius erzählt und von der Tilly, die prahlte, sie kenne den Mörder.*

*Der Entführer hatte ihn angestarrt und war dann abgehauen. Er hatte den Gärtner nicht angefasst und ihm die ganze Zeit über Essen hingestellt. Angst machte dem alten Mann nun der düstere Wald mit seinen unheimlichen Geräuschen. Er wusste, wo er sich befand. Er würde heimfinden. Aber er fürchtete sich vor den Raubtieren, besonders den Wölfen. Sie kamen in Rudeln.*

*Hinter sich hörte er ein Rascheln. Sein Herz raste. In seiner Brust wurde der Schmerz, der ihn in letzter Zeit mehr und mehr aufsuchte, unerträglich. Vor ihm führten zwei Pfade in unterschiedliche Richtungen. Er schlug den beschwerlichen Weg zum Hügel hinauf ein. Das Getrampel hinter ihm kam näher. Ein Rudel Wölfe? Schnaufen, Japsen ... Auf halbem Weg wusste er, dass er es nicht schaffen würde.*

* * *

Vom Wald her grollte es wie bei einem fernen Unwetter. Auch der Pater schien alarmiert. Sie lauschten, warteten. Es war schon eine seltsame, unheimliche Nacht, fand der Kommissar.

Und dann, hinter den Dampfschwaden dieser dunstigen Rumpelkammer, spürte Dölner plötzlich eine Präsenz im Raum, die vorher nicht da gewesen war, und die ihn beunruhigte. Sie war leicht wie ein Nebelschwaden herangezogen, und zum ersten Mal hatte er das Gefühl, dass die Geister der jungen Verstorbenen, die als Gespenster herumirrten, mit ihm in Verbindung treten wollten. Sie suchten einen Verbündeten, einen Freund, der das, was ihnen widerfahren war, rächen würde.

Und Dölner hatte das ungemütliche Gefühl, sie hätten sich schon auf den Verbündeten geeignet.

Gott im Himmel! Ein Ermittler, den man erst nach einem Jahr zuzog, würde es schwer haben. Er hatte das erste und zweite Kapitel verpasst, kannte die Hintergründe nicht, dabei würde man ihm bei Misserfolg nichts ersparen. Alles würde an ihm hängen bleiben.

Dölner fuhr mit der Hand über den gepflegten Kinnbart. »Vielleicht gibt ja eine Lösung, die dem Dorfvolk entgangen ist?« Unterschwellige Signale wahrzunehmen, traute er den Provinzlern nicht zu.

Der Pater zögerte. Er ließ sich auf einem Schemel nieder, hob einen zitternden Finger nach oben, verdrehte die Augen und stieß einen kleinen Seufzer aus. »Eine überirdische Macht?«

Der hagere Bruder sah im flackernden Kerzenlicht aus wie ein Gespenst. Der Kommissar hatte öfter mit Menschen zu tun gehabt, die an Geister glaubten. Es waren meist verzweifelte Menschen, die keinen anderen Ausweg mehr sahen. Andererseits ... Ireneusz war wohl verzweifelt, aber er war ein Mönch. Er hatte das Recht, an Teufel oder eine himmlische Fügung zu glauben. Seine ausgeprägten Wangenknochen, die hässliche Narbe und mehr noch die gebrochene Höckernase schienen auf eine raue Vergangenheit zu schließen. Seine löchrige Kutte ließ einen Blick auf behaarte, knochige, aber muskulöse Beine zu. Ein früherer Söldner? Kriegsveteranen wandten sich nicht selten dem Klosterleben zu, wenn ihre militärische Laufbahn vorbei war. Dölner hatte auch das bestimmte Gefühl, einen Menschentypen wie ihn schon einmal getroffen zu haben. Er wusste nur nicht, wo. Er rückte die flackernde Kerze etwas zur Seite, drehte am Docht. Das Flackern hörte auf.

Der Pater hatte Dölners Musterung stoisch über sich ergehen lassen. Dann stand er auf und nahm einen Schluck aus einem blauen Tonkrug, der hinter der Kupferpfanne auf der wankenden Konsole stand. »Die Leute würden eine derart kranke Seele in ihrer Mitte längst erkannt haben. Sie kennen sich seit ihrer Kindheit. Zu solchen Untaten ist niemand fähig.« Seine Stimme grollte, kippte dann leicht. Dölner erkannte wieder diese Aufmüpfigkeit, die das Volk hier charakterisierte.

»Die Magd sagt dasselbe.«

Ireneusz nickte zufrieden. Mit einem misstrauischen Blick auf den Kommissär fischte er eine seiner knorrigen, vertrockneten Rüben von einer Schnur und biss hinein.

Dölner sah ihm einen Augenblick in die Augen. »Die Bestie scheint eine bequeme Alternative zu sein. Dem Volk hält sie unbehagliche Fragen vom Leib.« Der Kommissar schaute auf das Bild an der Wand. »Die Terese setzt Himmel und Hölle in Bewegung, um ihrem Burschen zu helfen. Sie tut, als sei er unschuldig! Aber Frauen sind leicht zu beeinflussen. Er ist wohl ein gut aussehender Junge?«

Ireneusz schüttelte den Kopf. »Ein Bursche, der niemandem was antun könnte. Er ist der Letzte, den ich verdächtige. Wahr!« Er kaute an seiner Rübe.

Dölner fühlte sich wieder wie im Fieber. Hatte er sich doch bei dem Gspusi seines Stubenmädchens angesteckt? Diesem kaiserlichen Kürassier, der allem Anschein nach die ungarische Krankheit hatte? Es wurde jetzt Zeit, dem Pater einen kleinen Vortrag über ganz andere Befürchtungen zu halten und dabei zu hoffen, dass er die streng vertrauliche Beschaffenheit gewisser Überlegungen verstand.

Mit gesenktem Blick glättete der Kommissar die Falten seiner Ärmel. Er vermied es, den Mönch anzusehen: »Gibt es in der frühen Luxemburger Dichtung womöglich einen Hang zu düsterer Dramatik? Es ist fast etwas Antikes in diesen Todesfällen! Neigt das Volk etwa zu denselben finsteren Abgründen wie die alten Griechen, die selbst in ihrer Mythologie vor nichts zurückschreckten? Sind die Leute hier in ihren Sagen oder ihren Liedern von bösen Geistern besessen?«

Ireneusz setzte sich mit einem Plumps auf seinen Hocker. In seinen Augen las der Hofrat fast wörtlich: Du steckst deine Nase in Dinge, die dich nichts angehen!

*»Jenni a Menni«*, murmelte der Pater. *»Jenni a Menni! Jeder und jede!*

Aber Dölners Neugier war geweckt, und er war nicht zu bremsen. »Wenn man an den oberen Schichten kratzt, was sind die Beweggründe des Volkes?«

Ireneusz sah zu Boden. Er überlegte gründlich, als habe er ähnlich peinliche Fragen bereits erwogen und überdacht.

Dann räusperte er sich: »Zwiespalt vielleicht? Das Volk wird ständig von mächtigen und unbarmherzigen Nachbarn überfallen und gedemütigt. Die Landbevölkerung ist der Willkür des Adels und der Ignoranz der Schöffengerichte ausgeliefert, die kein Zipfelchen einer Möglichkeit auslassen, um ihre Macht zu demonstrieren. Sicher sind da Minderwertigkeitsgefühle. Auch Rachegelüste. Aber unterkriegen lassen sich die Leute nicht. Dieser Partikularismus, der die Leute kennzeichnet, hat alle Fremdherrschaften überdauert. Sie versuchen, zu kompensieren, und lassen ihren Ärger an etwas anderem aus. In einem kleinen Umfeld sind dabei Reibereien und Machtkämpfe nicht zu umgehen. Aber das sind sehr komplexe Fragen, und wie sollte ein unwissender Mönch so was beurteilen können?« Ireneusz kicherte verschämt.

»Ich bin mir fast sicher, dass er das sehr wohl könnte«, versetzte Dölner.

Die Konsole wackelte gefährlich, als das stinkende Etwas in der Kupferpfanne stärker brodelte. Der Pater stand auf und nahm den Topf von der Flamme. Mit zitternder Hand nahm er eine kleine Phiole aus einem Schrank, der an der Mauer fixiert war, und füllte sie, wobei er fast die Hälfte von dem Gebräu verschüttete, bevor er die Bouteille in ein Regal stellte. Er sah nicht zu seinem Gast hin, als er sagte: »Viele meinen, die neue Zeit sei es, die an unserem Unglück schuld ist. Sie bringe nur Unheil! Dieses unruhige, rastlose Herumreisen! Auch das Postwesen!«

»Das sagt man schon seit ewigen Zeiten«, brummte Dölner. »Ich kann das schon nicht mehr hören.«

Er verstand die ausweichenden Bemühungen des Paters, um seine Schafe vor Unbill zu schützen. Aber Dölners

Unruhe wuchs. Eine merkwürdige nervöse Unruhe. »Es sind alles junge Männer, die ermordet wurden? War was mit einem Frauenzimmer?«

Der Mönch sah zu Boden: »Dass sie sich etwas zuschulde kommen ließen, davon weiß ich nichts. Die Ermordeten waren ordentliche Christenmenschen.«

Dölner musterte ihn. Bis jetzt hatte man ihm alles, was die Opfer anging, verschwiegen. Nur die Namen kannte er.

»Gewiss verdienten sie ihren gewaltsamen Tod nicht«, sagte Ireneusz. Er wedelte mit der Hand, als verscheuche er eine lästige Fliege.

»Wenn er es sagt!«

»Brave, anständige Burschen waren es.«

»Zum Beispiel?«

»Nun ja, der Schmied! Er war ein fleißiger, zuverlässiger Mann. Die Launen seiner Mutter ertrug er mit viel Geduld. Den Aloyse habe ich von den Pocken geheilt. Er hat zwei jüngere Schwestern, um die er sich gekümmert hat und die jetzt wohl ins Armenhaus kommen. Und der Gärtner ist der friedfertigste Mensch überhaupt.« Abwesend nahm der Pater ein Gefäß mit Wasser und goss eine Pflanze in einem Hängekorb, von der Dölner angenommen hatte, sie hänge zum Trocknen da. »Was Jeannot betrifft – nun, er war äußerst vorlaut und hatte schon als Kind diese melancholischen Anwandlungen. Aber er pflegte kranke Tiere, Igel, Vögel ... In der Abtei verzieh man ihm deshalb manches.« Er stockte.

»Jeannot war wohl über vieles informiert?«, fragte der Kommissar, dem eine diesbezügliche Bemerkung Tereses einfiel.

»Er war schlau. Er glaubte zumindest, schlau zu sein. Aber er fabulierte gerne. Und Klaus Gander, der Bauer, den man im Waldsee fand, nun ja ...«

»Der Pater ist also der Meinung, dass es keinen Grund gab, diese unschuldigen, braven Burschen umzubringen?«, fragte Dölner.

Eine Art unterdrückter, dumpfer Protest kam von dort, wo der Pater stand. »Ein Dämon? Ein Besessener? Ein ...« Er zeigte wieder nach oben, wo die vertrockneten Wurzeln wie dürre Würste an ihren Seilen baumelten, und bewegte dabei die Schultern. »Selbst ein irregeleiteter Christenmensch würde sich zu solch grausamen Taten nicht hinreißen lassen.« Seine dunklen Augen mit dem auffallend weißen Rand rollten. Ireneusz setzte sich, als ob ihm die Beine plötzlich den Dienst versagten. »Es ist undenkbar. Die Geschichte ist undenkbar. Bert, der junge Müller, war stark. Bäume konnte er ausreißen. Niemand konnte ihn überwältigen. Kein Sterblicher! Nicht einmal Leo, der Schmied! Bert war unbesiegbar.«

Dölner schnaubte. »Und deshalb muss der Mörder gleich ein Dämon sein?«

»Es gibt Dinge, die gehen über unseren Verstand. Sie sind einfach nicht fassbar, Herr«, setzte der Mönch mit geziemender Demut hinzu.

Dölner fixierte ihn misstrauisch. »Weiß Ireneusz mehr? Hat ein Dorfbewohner ihm etwas verraten?« Ein Täter aus dem Dorf passte definitiv niemandem hier.

Der Pater wehrte ab. »Nein, nein!« Seine grauen Haarbüschel standen wie Drahtwolle von seinem Kopf ab. Viele kleine Gespenster mussten in der Klause herumschwirren. Geboren aus falschen Rücksichten und aus Heimlichtuerei.

Dölner klopfte seinem Gastgeber auf die Schulter. »Mir kommt da noch ein Gedanke! Hat man Ireneusz möglicherweise die Morde gebeichtet? Für zwei Taler bekommt der Großvater einen Ablass und wird aus dem Fegefeuer befreit?«

Ireneusz blickte zu Boden. »Pater Florentius ist es, der die Beichten abnimmt. Seit der Pfarrer vor drei Jahren von einem Gerüst gefallen und bettlägerig ist, hat das Kloster seine Pflichten übernommen. Florentius kommt einmal die Woche aus der Abtei, um auszuhelfen. Er hat Theologie studiert. Ich bin für das Heilen zuständig. Was denkt sich der Herr Hofrat?« Misstrauen und Trotz standen ihm ins Gesicht geschrieben.

Dölner hatte einen empfindlichen Punkt getroffen. »Dann befragen wir eben diesen Florentius. Sowie wir seiner habhaft werden! Aber Ireneusz scheint das Vertrauen der Leute hier zu genießen. Warum sollten sie ihm nicht auch ihre Sorgen mitteilen?«

Ireneusz machte sich wieder an seinen Knollen zu schaffen. »Zu mir kommen sie, wenn sie sich verletzt haben. Ich richte ihre Brüche und verbinde ihre Wunden. Florentius unterrichtet die Kinder und auch die Erwachsenen, die kirchliche Unterweisung nötig haben, in den heiligen Schriften. Selbst, als der Pfarrer noch tätig war, war Florentius für den Unterricht zuständig.«

Dölner hob die Brauen und sah ihn über die köchelnden Töpfe hinweg an. »Moment mal! Florentius, der die Kinder unterrichtet, ist auch für die Beichten zuständig? Wenn Florentius den Dörflern den Katechismus beigebracht und sie die Bibel gelehrt hat ... Mir scheint, wir müssen dringend mit Florentius reden!«

Ireneusz seufzte. »Florentius ist streng. Wie Jesus in der Bibel will er den Teufel austreiben. Aber Jesus versuchte die

Besessenen zu heilen und Florentius ... Er übernimmt sich. Besessene gibt es hier vielleicht, aber Florentius sieht sie an den falschen Stellen. Er bedauert auch die Trägheit seiner Katecheten. Ihr mangelnder Eifer zu lernen ärgert ihn. Er ist wirklich uneinsichtig. Jedes Mal klagt er auch über die beschwerliche Fahrt vom Kloster hierher. Florentius ist nicht mehr der Jüngste, und er hat Arthritis. Ich muss ihm immer eine Portion Laudanum vorbereiten. Niemand hört ihm zu oder interessiert sich für seine Lektionen. Und jetzt muss er noch die Beichten abhören!« Der Mönch warf eine Knolle, die braune Flecken aufwies, ungehalten in die Ecke. »Er ist nicht verständnisvoll wie der Abt. Er ist fast ein Heiliger und tut sich schwer, einem Sünder zu verzeihen.«

Dölner wies auf den Krug und hielt Ireneusz streng seinen leeren Becher hin. Ireneusz goss ein. Dann stellte er den Weinkrug ab.

Dölner nahm einen langen Schluck aus seinem Becher. Er trommelte mit seinen langen, gepflegten Fingern ungeduldig auf dem Tisch vor ihm. »Florentius ist also ziemlich kategorisch. Einer, der die Leute gleich zur Hölle verdammt. Er hat wohl auch eine lange Nase, mit der er überall herumschnüffeln kann?«

Erneutes Schweigen. Ireneusz saß da wie ein graubrauner, ausgestopfter Vogel. Die grauen Stoppeln in seinem Gesicht verstärkten diesen Eindruck.

Der schwere Galopp eines Pferdes, das sich in Richtung des Wegweisers entfernte, ließ sie aufmerken. Dölner bückte sich, hob den rostigen Haken auf, griff ihn mit der Hand wie einen Dolch. Selbst wenn er durch zu viele Meuchelmorde in Misskredit gekommen war, war der Dolch – den man leicht unter einem Umhang, einer Kutte verbergen konnte – für die Verteidigung noch immer die beste Nahkampfwaffe. In Situationen wie diesen kam Dölner immer seine militärische Ausbildung zugute. Der Galopp verklang, Dölner spürte etwas wie einen Schüttelfrost und ließ den Haken fallen. Danach streifte er seine nassen Stiefel ab und rieb die kalten Füße.

In der Küche rumorte die Katze mit einem klappernden Gegenstand. Ireneusz hatte zu einer längeren monotonen Predigt angesetzt. Er hatte die unangenehme Analyse seiner Schutzbefohlenen anscheinend abgehakt und verfolgte einen neuen Gedanken.

Der Kommissar beobachtete die Spinne, die jetzt regungslos in der Ecke verharrte. Er hatte das Gefühl, sie beobachtete jede seiner Bewegungen.

Erst nach einer Weile gelang es ihm, sich auf seinen unermüdlich informierenden Gastgeber zu konzentrieren. Um hinter den Inhalt seiner Rede zu kommen, gab er monotone zustimmende Laute von sich.

Ireneusz sah den Kommissar bedeutungsvoll an. »Die Strafe war sehr mild. Ein einfacher Bann aus ihrem Dorfkreis! Der Richter hat die Umstände berücksichtigt und Gnade walten lassen, obwohl die Frau, eine Magd, ihr neugeborenes Kind umgebracht hatte. Unglaublich fand das Florentius. Er schüttelte noch wochenlang den Kopf, obwohl hier niemand je vorher von der Frau gehört hatte. Kurz zuvor hatte man einen Mann aus Wiltz, der ein paar Kleidungsstücke gestohlen hatte, auf die Galeeren geschickt. Das hat Florentius gefallen.«

»Von Vergeben hält er also nicht viel?«

»Dass Frauen an allem Übel schuld sind, davon ist Florentius überzeugt. Das ist sein Steckenpferd. Und ihnen verzeihen und vergeben ...? Aber auch Mannsbilder, die sich in irgendeiner Weise vertan haben, sind ihm ein Dorn im Auge.«

Dölner versuchte den Zweck der Geschichte herauszubekommen. Er sagte barsch: »Wenn ein Richter plötzlich sein Herz für eine Unglückliche entdeckt, ist das eine gute Tat. Aber bevor wir uns mit moralischen Bedenken abgeben, sollten wir nicht vergessen, dass alle hier sich in unmittelbarer physischer Gefahr befinden. Das mal ist vorrangig. Auch müssen wir den Täter erst finden, um Gnade oder Strenge walten zu lassen.«

Damit seine Geschichte einen Sinn bekam, musste Ireneusz eine Ahnung von den Hintergründen haben. Wenn er Mitgefühl zeigte mit einem Dieb und einer Frau, der kein anderer Ausweg aus ihrer misslichen Lage bleibt, als der unfassbarste, hatte er einen Grund. Gab es im Dorf eine Parallele? Wenn er den Mörder zu entschuldigen suchte, blieb das besser ungesagt.

Ireneusz war in einer Zwickmühle. Dass er seinen Schafen helfen wollte, stand fest. Dazu musste er aber manches aufdecken, und das brachte ihn erst recht in Bedrängnis. Aber was auch immer, Dölner war sich sicher, dass er nicht reden würde. Er nickte melancholisch vor sich hin.

Ireneusz sagte etwas weinerlich: »Der Meier soll uns informieren, falls die Bestie gesichtet wird. Auch wie es weitergehen soll. Man soll uns aufklären.«

Dölner murrte grantig: »Informieren, aufklären ... Jede Aufklärung beginnt mit der genauen Untersuchung der Tatwaffe, Pater. Es gab nämlich eine interessante Tatwaffe. Und genau damit sollte man beginnen!« Als Dölner im Posthaus auf die trödelnde, unzuverlässige Terese gewartet hatte, hatte er seine Gedanken nicht von einem bestimmten Waffentyp losbekommen und war jetzt überzeugt, dass er mit seinen Vermutungen recht hatte.

Er warf dem Pater einen strengen Blick zu. »Mein Onkel, Hauptmann Dölner, besaß mehrere Bücher mit Abbildungen über seltene Hieb- und Stichwaffen: Einen jungen Offizier wie mich faszinierten sie ungemein.« Stolz klopfte der Kommissar sich auf die Brust. »Einer dieser Degen, den man im sechzehnten Jahrhundert benutzte, hatte eine dreispaltige Springklinge. Eine interessante Parallele zu der Tatwaffe in unserem Fall. Der möglichen Tatwaffe!«

Ireneusz riss die Augen auf.

Vorsichtig fuhr Dölner fort: »Die Klinge der Waffe aus meinem Buch hatte zwei Seitenarme, die von einem in der mittleren Klinge eingesetzten Zugband gehalten wurden. Es war an der Klingenwurzel mit zwei Federn versehen. Wenn sich das Zugband zusammenzog, öffneten die Federn beide Arme, und diese stützten sich am Ende der herabgezogenen Parierstange ab. Auf diese Weise entstand eine Gabel, die es gestattete, die Klinge des Gegners leichter aufzufangen.« Er räusperte sich nachdrücklich. »Das Besondere aber ist, dass die Gabel auch in der Wunde geöffnet werden konnte. Wenn man sie dann herauszog, hatte die zugefügte Verletzung die Umrisse von einem – nun – Kanonenrohr.«

Ireneusz starrte den Agenten weiter mit aufgerissenen Augen an. Eine Vene pochte auf seiner Stirn. Er schien Dölners Befürchtungen verstanden zu haben.

»Eine schreckliche und sehr unübliche Waffe! Der Täter ist jemand, der sich mit Waffen auskennt. Ein Offizier zum Beispiel! Ähnliche Waffen werden heutzutage nicht mehr verwendet. Aber sie sind archiviert. Der Gouverneur und der Seigneur müssen darüber Bescheid wissen. Da die Herren ihre Kenntnisse verschwiegen haben, wollten sie jemanden schützen. Vielleicht hatten sie auch Angst vor einem Aufstand gegen die Soldateska.« Dölner drehte an seinen Bartspitzen. Er starrte den Pater von oben herab an. »Ob auch der Meier im Bild war, ist nicht klar. Was aber hält man noch geheim? Allen muss inzwischen klar sein, dass der Täter ein grausamer, unmenschlicher Schlächter ist, der vor nichts zurückschreckt.«

Der Mönch sprang auf und stellte sich hinter die Konsole, als suche er dort Schutz. »Das ist nicht wahr. Das ist gelogen.« Im kargen Schein der Kerzen sah er zerzaust und verwirrt aus.

Dölner schlug mit der Faust auf den Tisch. »Aha! Wusste ich's doch. Der Pater weiß eine Menge mehr, als er zugibt!«

»Also ja, es stimmt! Ich hatte eine Vermutung. Aber sie hat sich von selber in nichts aufgelöst. Und einen Unschuldigen, einfach so und ohne Grund, ausliefern, das werde ich nicht.« Ireneusz versperrte seine Lippen mit dem Finger einer Hand wie mit einem Riegel, und Dölner wusste, dass er nichts mehr verraten würde. Es gab Barrieren, die man nicht überschritt.

Dölner musste weitermachen, bis er über etwas stolperte, über das der Pater bereit war zu reden. Der Wunschtraum eines jeden Ermittlers! Zunächst begnügte er sich damit, den Pater durch sein Starren einzuschüchtern.

Ireneusz stand auf und kümmerte sich um den Topf mit der Brühe, die zu brodeln begann. Er nahm einige Ingredienzien aus Tereses Beutel und warf sie in das Gefäß. Langsam und bedächtig rührte er die Suppe um. Es schien, als habe sich die Linie seines Kinns gefestigt: »Da, wo der

Herr Botschafter herkommt, kann wohl jeder lesen und schreiben? Hier können das nur wenige.«

Dieser verspürte plötzlich Herzstiche. »Nein, Lesen ist nicht jedermanns Sache. Auch nicht in Wien!« Er trat einen Schritt zurück. »Man hat Papiere gefunden?«, fragte er.

Der Mönch machte eine plötzliche Bewegung, sodass er ein Fläschchen mit einer gelblichen Tinktur vom Regal stieß und es erst im letzten Moment auffangen konnte. Seine Lippen bewegten sich stumm.

Der Mann war bereit zu reden, aber die Fragen beunruhigten ihn. Falls ein Schreibkundiger in die Geschichte verwickelt war, hatte sein Abt ihm genaue Verhaltensregeln gegeben. Der Hofrat glaubte das Hämmern dieser Belehrungen zu hören. Man rühre nicht an die Gesalbten! Von der Obrigkeit halte man sich fern! Aber Ireneusz schien dazu ein Ausgestoßener zu sein, Regeln musste er schon früher gebrochen haben.

Starr sah der Kommissär den Pater an. »Der Mörder hat also etwas Schriftliches verloren oder gefunden und es sich zunutze gemacht? Ist es so?«

Ireneusz blickte zu Boden und schwieg.

Das wäre allerdings fatal! Heiliges Kanonenrohr! Dölner stampfte auf. Als er sich erhob, stieß das Messer in seiner Tasche ihn in die Seite. Er war sich des schmerzenden Stechens bewusst, fühlte sich dadurch aber auch vage beruhigt. Er fuhr fort: »Seid Ihr Euch aber im Klaren, was das bedeutet?«

Der Pater ging zur Tür und öffnete sie gerade weit genug, um sehen zu können, wer dahinter stand. Ein Geist? Die Mumm, wie hieß sie noch? Dann murmelte er: »Zu Beginn der Ernte, vor zwei Monaten etwa, sollten die Dörfler eine

Mannschaft zusammenstellen. Es war Neumond, und drei der Morde sind in dunklen Neumondnächten passiert. Der Gouverneur hat dem Meier eine schriftliche Botschaft mit genauen Angaben geschickt. An welchen Orten man die Posten aufstellen sollte. Wie sie untereinander Verbindung halten sollten.« Er kratzte sich am Ohr. »Der Kurier wurde von einem als Pilger verkleideten Wegelagerer überfallen und sein Schreiben abgefangen. Die Leute im Dorf stellten nichtsdestotrotz eine Truppe zusammen und lauerten dem Unhold in den Langhölzerwäldern auf! Zusätzlich riegelte der Gouverneur das Gebiet mit einem Dragonerregiment ab. Aber obwohl alle Bedingungen erfüllt waren – dunkle Neumondnacht, die richtige Zeitspanne zu den anderen Morden, Nebel – passierte nichts. Jemand schien die Nachricht verstanden zu haben, schien uns zu verspotten. Einer der Holzfäller hat sogar ein lautes spöttisches Lachen gehört. Er sagt, es habe minutenlang über die Oeslinger Koppen geschallt. Gruselig, wie?«

Der Kommissar zog den Kragen seines Joppen bis über das Kinn. »Grausig in der Tat! Ein Mörder, der das Dorf verspottet und das Alphabet kennt!«

Der Mönch wandte die Augen ab. »Man zieht in Betracht, dass der Täter lesen kann!«

»Das schränkt die Liste der in Frage kommenden Männer natürlich ein.«

## 11. Kapitel

*Der Mann mit dem kurzen, grauen Pelz und der tief ins Gesicht gezogenen Kapuze fischte den Papierschnipsel aus seinem Ledersack. Er hatte ein paar Zeilen vorbereitet. Im Posthaus hatte er Tinte und eine alte Gänsefeder besorgt.*

*Er war etwas unzufrieden mit den letzten Ereignissen. Das Treffen zwischen dem Kommissar und dem Mönch dauerte entschieden zu lange. Er fühlte ein Kribbeln zwischen den Schulterblättern. Auch schade, dass es diesen bedauerlichen Unfall gegeben hatte. Es tat ihm wirklich leid um den Gärtner. Aber wenigstens würde der Mann so nicht reden.*

*Um das letzte Opfer würde es ihm nicht leid tun. Der Kerl hatte den Tod zehnmal verdient.*

*Hundertmal ... Ohne Rücksicht zu nehmen, schlug der Vermummte mit der Faust an den hölzernen Fensterladen im Erdgeschoss.*

*Der Kerl ließ sich Zeit. Er brummelte und quengelte, kniff die Augen zu, als er die Luke öffnete. Er trug ein Nachthemd, dazu eine lächerliche, gestrickte Wollmütze und einen lilafarbenen Schal. Wütend fauchte er: »Es ist Mitternacht vorbei. Weiß der blöde Affe nicht, dass anständige Menschen dann schlafen? Nondikass ... Er soll die Kapuze zurückschlagen und sich zu erkennen geben.«*

*Mit heiserer Stimme brummte der Mann im Pelz: »Einen schlimmen Husten hab ich und was an der Lunge. Ich muss teure Medizin kaufen. Den Zettel hier soll ich abgeben. Einen Groschen würde ich bekommen, hat man mir gesagt. Da steht was über zwei Sünder, die sich in der Martinsscheune treffen. Hat man mir auch gesagt. Lesen kann ich nicht.« Er hustete und spuckte auf den Boden.*

*Der Mann im Nachthemd kniff Mund und Nase zu und riss dem Boten den Zettel aus der Hand. Er hielt ihn ins Licht der Fackel: »Ein Rendezvous in der Scheune. Na, so was. Die Tilly und ein Mannsbild? Etwa Jan oder der Weiler? Der neue Vikar aus Boxhorn? Der Schwiegersohn vom Meier? Georg?«*

*»Weiß ich nicht. Nur so ein Kerl. Es würde Hochwürden aber gefallen.«*

*Florentius rieb sich die Hände. So ein Glücksfall. Endlich würde er sie erwischen. Nicht mal fünfzehn war die Hure, und den Mann – egal wer es war – würde er im Kerker schmoren lassen. Seine lange Nase zuckte beglückt. Er knallte den Laden zu.*

*Der Kapuzenmann jammerte: »Mein Geld? Man hat mir einen Groschen versprochen.«*

*»Er soll verschwinden, sonst mach ich ihm Beine. Ich werde die Hunde auf ihn hetzen.«*

*Der Kapuzenmann jammerte weiter, bis er von der Hecke verdeckt war. Dann grinste er, murmelte: »Jan? Der Weiler oder der Vikar? Etwa Georg oder der Schwiegersohn? Na so was!«*

* * *

Fragend hob der Kommissar die Brauen. Er war beeindruckt. »Also lesen kann der Mann? Was sagt der Meier zu der Geschichte?«

Ireneusz unterdrückte einen Hustenanfall. »Der Meier sucht seine Familie zu schützen. Er hat seine Frau, seine Tochter und die Enkel bei Verwandten untergebracht. Nur der Schwiegersohn ist noch hier.«

Dölner schüttelte den Kopf.

»Der Herr versteht nicht. Es ist nicht vorbei. Es wird weitere Morde geben. Wenn die Bestie oder wer auch immer ...«

Ireneusz machte schnell das Kreuzzeichen, »wenn dieser ... hm ... bei uns Leute umbringt, ist es eine Strafe.«

»Zum Teufel! Was ist die Schuld?«

Der Mönch stöhnte. »Es ist nur eine Vermutung, aber es gibt viele hier, die denken, dass die Mordreihe ein Racheakt ist. Die Bestie zieht Schuldige frech zur Rechenschaft. Bestraft sie für ihre Sünden.« Mit verkniffener Miene setzte er hinzu: »Aber in diesem Bereich gibt es mehr als eine Möglichkeit. Genau wissen wir es nicht. Es gibt keine klaren Fakten.«

»Was zum Teufel habt Ihr auf dem Kerbholz? Ihr müsst Bescheid wissen. In jedem Dorf gibt es immer einen, der herumschnüffelt und nichts Besseres zu tun hat, als die Leichen im Keller des Nachbarn auszugraben.« Dölner schnaufte.

Ireneusz schluckte unglücklich. »Es geschah so einiges Unrecht in letzter Zeit.«

»Zum Teufel, Mönch!« Die Intensität seiner eigenen Gefühle überraschte Dölner. Was scherten ihn diese Fremden? Unbehaglich überlegte er plötzlich, ob Ireneusz zu seinem Schutz oder zu seiner Überwachung hier saß und ihn im Auge behielt. Beauftragt von einer schamlosen, intriganten Terese, die, was Machtspielchen, innere Streitereien anging, wesentlich besser im Bilde war, als sie zugab. Er fragte sich, welchen Gesprächsstoff die Bauern an den langen Winterabenden hatten. Ein Dorf, in dem es zuging wie in einem Hühnerstall!

Die Frage war auch, ob man bei diesen angesprochenen Sünden gegen die herkömmliche Gesetzesordnung verstoßen hatte, oder ob die Leute ein Verbrechen gegen die Menschlichkeit begangen hatten? Der Unterschied war manchmal gewaltig.

»Man will also nicht reden! Hallelujah!«

Der Mönch starrte vor sich hin. Seine dunklen Augen waren unruhig. Seine Hände, die er im Schoß gefaltet hatte, waren schwielig und kräftig, noch immer gebräunt von der Sonne und der Arbeit im Freien. Nur in den Innenflächen waren sie heller.

»Elender! Heraus mit der Sprache! Wenn es eine Lösung gibt, liegt sie bei den Opfern! Den Ermordeten! Es muss einen Berührungspunkt geben. Auf irgendeine Weise haben alle Opfer das Missfallen des Mörders erregt. Wieso? Was haben sie getan? Wer hat am schlimmsten gesündigt?« Unwillkürlich und ohne es zu wollen, hatte der Kommissar die Hand zu einer Faust geballt.

Ireneusz schluckte wieder und sah den Agenten unglücklich an. »Alle waren anständige Christenmenschen!«

»Wer hat am schlimmsten gefehlt? Wer von diesen jungen Burschen hat einen Mitmenschen verraten, einen Wehrlosen ausgenutzt? Das Dorf zeigt definitiv Schuldgefühle.«

Ireneusz öffnete den Mund. Sekundenlang kam kein Ton heraus.

Es war auch offenbar vermessen von Dölner zu erwarten, dass der Mönch sich gegen seine Vorgesetzten stellte. Und die wiederum mussten Rücksicht auf den Kirchenvorstand, den Gemeindevorsitz, die ehrwürdigen Ältesten nehmen.

Dann gab Ireneusz sich einen Ruck und blinzelte den Kommissar an: »Der Klaus, vielleicht. Ja, der Klaus konnte schon ganz schön rücksichtslos sein.« Demonstrativ nahm er einen Feger aus der Ecke und scharrte hektisch einige Krümel, die am Boden lagen, weg. Die Krümel waren anscheinend seine persönlichen Schuldgefühle.

»Der Klaus, ah?«

»Er heiratete die Triny, als sie mit dem Kind aus dem Dienst zurückkam. Die Mutter hat einen kleinen Hof und etwas Geld. Klaus war ein ungehobelter Bauernknecht. Er wollte beides, den Hof und das Geld. Er hätte die Alte am liebsten unter der Erde gesehen.« Ireneusz räusperte sich. »Er war ein Taugenichts, ein Faulpelz. Die Bäuerin war kränklich, aber sie war zäh. Er war nicht nett zu der Kleinen. Aber die Triny konnte nicht viel machen. Es gab jeden Tag Streit und Schläge ... Und dann wurde Klaus umgebracht.« Er warf Dölner einen verstohlenen Blick zu. »Klaus war das Opfer. Nicht die Alte. Und es war keine der beiden Frauen, obwohl man sie hätte verstehen können. Sie hatten ein hieb- und stichfestes, durch nichts zu erschütterndes Alibi. Wie von einem vorsorglichen Komponisten arrangiert. Wie jeden Samstag hatten sie sich mit den Bäuerinnen in der Spinnstube getroffen. Der Klaus war im Wirtshaus. Er war auf dem Nachhauseweg, als er in den Bach fiel. Man nahm zuerst an, dass er ertrank. Dann fand man an ihm auch die typischen Stichwunden, genau wie bei den anderen Opfern.« Der Pater bückte sich nach dem Wollknäuel der Katze, warf es in die Holzkiste und setzte ziemlich unchristlich hinzu: »Irgendwann aber hätte er sich auch so totgesoffen.« Er verschränkte die Arme vor der Brust.

Entmutigt ließ Dölner seine Schultern fallen. »Der Mord an Klaus war aber nicht der erste Fall?«

»Nein, Bert verschwand als Erster. Und Bert war kein Bauernlümmel. Er war ein braver Junge – der ganze Stolz seiner Eltern.«

»Der Sohn vom Müller? Dieser unbesiegbare, junge Herkules?« Ein Riese mit einer zarten Seele. Er war über etwas beunruhigt gewesen, hatte Terese gemeint. »War er der einzige Sohn?«

»Er hat zwei jüngere Brüder. Sein Vater ist ein wohlhabender Mann.« Ireneusz nickte grübelnd bei seiner Aufzählung. »Etwas zu streng, aber immer gerecht. Seine Angehörigen sind ihm genau so wichtig wie sein Ansehen.« Er zuckte etwas mit den Lidern.

»Hm!« Eine zynische innere Stimme flüsterte ihm zu, dass ein früherer Söldner, der mit allem möglichen Abschaum verkehrt hatte, unmöglich so naiv sein konnte. *Cucullus non facit monachum!* Dass eine Kutte noch keinen Mönch machte, wusste ja der Dümmste. Nein, nein, Dölner, lass dich nicht auf ihre Sperenzchen ein. »Ich bezweifle nicht seine Tugendhaftigkeit. Sicherlich nicht. Aber ein strenger Vater, der seinen Sohn unterdrückt ... Da gibt es Möglichkeiten. Der Pater muss aber mehr wissen! Über die anderen Opfer, den Schmied zum Beispiel. War das auch ein Galgenstrick wie Klaus?«

»Der Schmied ...« Ireneusz zierte sich etwas: »Leo war stumpf und verbissen. Weil der alte Hufschmied einen Schlaganfall erlitten hatte, musste der Junge schon früh schwer arbeiten, um Mutter und Schwester durchzubringen. Er redete oft tagelang kein Wort. Er wirkte manchmal wie versteinert. Wenn er in seiner Lederschürze in der Schmiede stand – mit diesem leeren Gesichtsausdruck – und den riesigen Hammer schwang, war es nicht leicht, an ihn heranzukommen.« Der Mönch schaute unruhig vor sich hin.

»Kein leichtes Leben fürwahr!«, gab der Kommissar zu.

Ireneusz schob die Hände in die Falten seiner braunen Kutte, als friere er plötzlich. Auch der Kommissar fröstelte. Es war nicht nur seine innere moralische Verfassung. Trotz der vielen dampfenden Kasserollen wurde es langsam kälter. Es gab keinen Kamin in der Zelle, aber in der Wand in Manneshöhe war ein Loch. Das Feuer im Raum nebenan sollte wohl das ganze Häuschen erwärmen. Im Winter war das Leben im Kloster hart, und auch in der Klause waren Aufwand und Komfort dem Mönch sicher nicht erlaubt. In Wien war diese Jahreszeit der Beginn der Winterbälle, der nahenden Weihnachtsfeiern. In einem Ardenner Dorf war das Durchhalten im Winter eine lebensnotwendige Aufgabe. Viele Feste feierte man hier nicht.

Dölner sah sich nach seinem Mantel um, konnte ihn in diesem Chaos aber nicht entdecken. Der Geruch nach feuchtem, verbranntem Holz, der in der Luft hing, kitzelte ihn in der Nase. Er sah nach oben. Ihm schien, die Spinne habe sich bewegt. Sie hatte ihre Beute ausgemacht.

## 12. Kapitel

*Im Posthaus klopfte der Meier an eine Tür und trat ein. Ohne auf die reichlich kuriose Erscheinung des Abtes, der mit einer Zipfelmütze und einem gestreiften Nachthemd im Bett lag, zu achten, sagte er: »Dieser Kommissar wird alles herausbekommen. Er wird den Ireneusz wie einen Kürbis ausquetschen. Er hat diesen Instinkt.«*

*»Er wird hinter unsere Dummheiten kommen, meint er wohl«, brummte der Abt. Dieser aufdringliche Postmeister und sein ewiges Unken! »Die Waffengattung ist ja ziemlich aufschlussreich, wie? Dieses Exemplar ist äußerst selten! Das hätte man früher bedenken sollen.«*

*»In der Tat. Wir sollten das Menschenmögliche tun, damit Dölner abreist. Es gibt einen Punkt, der besser im Dunklen bleibt. Wir müssen unsere Leute aus allem heraushalten.«*

*Der Abt, der sich schon im Einschlafen befunden hatte, brummte: »Das werden wir, das werden wir. Keine unnütze Panikmache! Alles ist halb so schlimm. Aber war es nicht der Meier, der den Mann aus Wien unbedingt hier haben wollte?«*

*»Das wollte ich. Aber nun... Ich hab so ein komisches Gefühl!«*

* * *

Die Spinne war hinter einem Regal verschwunden. Dölner ließ seine Unterlippe hängen und konzentrierte sich auf den Pater und das Gespräch.

»Immer wieder gab es Streitereien. Jede Familie hat eine Geschichte. Meistens ging es um Ländereien, einen verschobenen Ackerrain, zum Beispiel. Das Feld des Meiers und der

Acker des Müllers stoßen aneinander. Es ging schon mal um zwei Fuß in der Länge. Der Meier, der das Gericht vertrat, sollte entscheiden. Aber der Müller brachte den Entscheid vor das Landgericht.« Ireneusz hatte ein Loch in seiner Kutte entdeckt und untersuchte es pingelig. »Sie hatten mal einen Disput.«

»Welchen Disput?«

»Vor zwei Jahren geriet der Meier sich mit der Müllerin wegen einer ähnlichen Sache in die Haare, und er hat sie geohrfeigt. Es gab ein Riesengeschrei. Die Müllerin ist eine große, starke Frau, die sich zu wehren versteht. Der Müller verklagte den Meier vor dem Gericht in Luxemburg. Dieser wurde verurteilt und musste der Müllerin Strafe zahlen.«

»Der Meier wurde verurteilt?« Dölner hob die Brauen.

»Ja, kaum zu glauben, wie?« Ireneusz verzog den Mund. »Aber der Richter konnte den Meier wohl auch nicht besonders leiden.«

Dölner warf ihm einen Blick zu. »Nun ja!«

Etwas wie eine Verschwörung lag in der Luft. Ein unterdrücktes Lachen! Definitiv verbindend. Dölner begann, den Pater zu verstehen. Der Mönch war ein Überlebenskünstler. Ein Mensch, der sein Schiff an vielen Klippen entlangsteuerte, sich durch gefährliche Pfade schlängelte und dabei immer versuchte, seine Moral- und Ehrenbegriffe aufrechtzuerhalten. Inmitten dieses Albtraums hatte er seinen gesunden Menschenverstand bewahrt.

Gedankenverloren nahm Ireneusz eine von Mäusen angeknabberte Holzschachtel von einem Regal, öffnete sie, starrte hinein und stellte sie wieder auf ihren alten Platz. »Der alte Müller ist ein ehrbarer Mann. Aber er ist auch jähzornig und nachtragend. Wenn er dem Meier schaden kann, wird er es tun.«

Dölner griff in seine Tasche, zog die Namensliste hervor, die er am frühen Abend angefertigt hatte, und studierte sie. »Jeannot? Aloyse? Hm, der Aushilfsgärtner aus der Abtei ist noch nicht aufgetaucht, oder hat man ihn doch schon gefunden?«

»Nein, über den Gärtner hätte man mir Bescheid gegeben.« Ireneusz sah Dölner an.

»Weiter! Aloyse. Was ist mit Aloyse?«

»Aloyse war ein Tagelöhner. Vor einem Jahr etwa hat er seine ganzen Ersparnisse für den Kauf eines Pferdes ausgegeben. Das Pferd hatte eine schwache Lunge.« Der Mönch packte jetzt gründlich aus. »Aloyse war der Meinung, Klaus, der den Kauf vermittelt hatte, habe ihn hereingelegt. Er war außer sich. Geld war ihm sehr wichtig. Nach dem Tod seiner Mutter musste er sich um seine zwei jüngeren Schwestern kümmern, die jetzt niemanden mehr haben. Sie werden wohl ins Armenhaus kommen, obwohl die Tilly schon gut imstande ist, sich selbst durchzuschlagen.«

Wieder dieser fein gesponnene Sarkasmus! Das war etwas, was der Kommissar verstand. »Der Tagelöhner muss Klaus gehasst haben.«

Ireneusz rieb seine Nase, als jucke sie ihn: »Sie haben sich bei jeder Gelegenheit geprügelt.«

»Gegenseitig haben sie sich aber nicht umgebracht.«

Der Mönch sah zu Boden und fuhr fort: »Nein, sie bekämpften sich nur mit größter Härte und Verbissenheit. Und Jeannot, dieser Galgenstrick, rieb sich die Hände.«

»Jeannot?«

»Jeannot war erst sechzehn. Aber es gab welche, die behaupteten, trotz seiner Jugend sei er hinterhältig gewesen wie kein zweiter. Eine wahre Giftnatter, der jedes Unglück recht ist, ihr Gift zu verspritzen!«

»Ei der Daus!«, meinte Dölner. »Da bekommt man es ja mit der Angst! Aber man verwirrt mich mit all diesen Personen. Es gibt Bert, den Sohn des Müllers, der als Erster ermordet wurde, ja?«

»Ja.«

»Dann Klaus, der Bauer. Mit Frau, Schwiegermutter und Tochter.«

»Ja.«

»Aloyse, ein armer Tagelöhner und seine beiden Schwestern ...«

»Ja, die Tilly und die kleine Marie.«

»Gut. Dann Jeannot, der Sohn vom Kesselflicker?«

»Der jüngste Sohn. Seine Brüder haben sich abgesetzt.«

»Leo, der Schmied ...«

»Eine besonders traurige Geschichte. Besonders für die Mutter, die erst vor zwei Jahren ihre Tochter verloren hatte. Danach wurde der Schmied noch verschlossener. Seine Schwester, die Vally, ging ins Wasser. Wohl aus der üblichen Ursache.« Der Pater neigte steif den Kopf. Als Dölner die Brauen hochzog, fuhr er fort: »Es soll der Weilerbauer gewesen sein. Er war schon immer hinter den Mädchen her, aber er ist verheiratet. Er gehört nicht zu den Ermordeten.Von den Ermordeten war außer Klaus Gander keiner verheiratet. Ob das was bedeutet?«

Dölner verzog den Mund. »Vielleicht wird der Weilerbauer ja der Nächste sein. Es wird noch andere Opfer geben, davon bin ich überzeugt.«

Der Mönch wirkte schockiert, zögerte, setzte dann hinzu. »Die Schmiedin weiß etwas. Aber sie sagt nichts. Sie redet nur mit ihren Katzen. Mindestens zehn laufen in der Kate herum.«

»Hm! Sie weiß etwas, sagt er?«

»Ja, ganz sicher. Viele sagen, sie sei eine Hexe. Sie sieht Dinge. Man fürchtet sie.« Er schüttelte den Kopf. »Anfangs kam mir der Gedanke, es könne sich um Erpressung handeln. So abwegig ist das nicht! Aber womit könnte man sie noch erpressen?« Achselzuckend wandte er sich ab.

»Sie verrät niemanden, obwohl ihr eigener Sohn eines der Opfer ist?«

»Sie ist verschlossen wie ein Mönchsgeldsäckel!« Ireneusz unterdrückte ein Glucksen. »Aber sie kennt sich aus mit Kräutern und Wurzeln. Ich kaufe bei ihr den Knoblauch. Der Boden hier ist nicht gut für Knoblauch. Sie hat die besten Knollen.«

Der Abgeordnete sah ihn an, und der Pater meinte fast schroff: »Für diese Morde muss es eine andere Ursache geben. Eine, die wir noch nicht entdeckt haben. Die Ermordeten haben dieses Schicksal nicht verdient.«

Dölner knurrte: »Nicht allein die Ermordeten sind die Opfer. Auch ihre Familien sind betroffen. Trotzdem bin ich der Meinung, wenn wir weitersuchen, müssen wir früher oder später auf etwas von Interesse stoßen.«

Ireneusz unterdrückte einen Schluckauf. »Was kann man da sagen?«

»Ja, was kann man da sagen? Wie steht es mit dem Meier?«

Ireneusz schnaufte. »Der Meier ist wie die anderen auch, die es zu Einfluss gebracht haben. Er ist rücksichtslos und ehrgeizig. Was er von seinen Leuten verlangt, sind zwei ganz bestimmte Sachen. Sie müssen arbeiten bis zum Umfallen, und sie dürfen keine Forderungen stellen. Umbringen würde er sie aber nicht. Es wäre gegen seine Interessen.«

»Hm!«

»Die anderen ... Sie verkriechen sich in ihren Höhlen. Nicht wenige Familien haben selbst ein Opfer zu beklagen. Verflixt! Das Ungeheuer kann nur ein Wesen sein, das uns hasst. Und darin sind mal alle sich einig.«

Regungslos saß der Hofrat vor seinem Becher und malte zerstreut Kringel auf die beschlagene Vorderfront seiner Trinkschale. Brummend meinte er dann: »Der Mörder ist jetzt in der Position des Gejagten, wie? Er darf keinen Fehler begehen. Die Angehörigen der Opfer und andere hier Anwesenden aber schweigen. Warum? Es sieht aus, als wollten sie ihn in Schutz nehmen.«

Ireneusz sah den Kommissar nicht an. Sein Atem ging ungleichmäßig und stoßweise.

Dölner überlegte, ob ein Faktor aufgetaucht war, der dem Mönch zu schaffen machte. Ob er sich wirklich vor Gespenstern fürchtete? Das wäre allerdings fatal. Es wurde behauptet, Menschen, die Angst vor Geistern haben, hätten im Grunde Angst vor sich selbst. Gespenster seien ihre Widergänger.

Der Mönch drehte sich zur Seite. »Viele Gepflogenheiten sollten nicht zugelassen werden. Sie sind ungerecht, aber man klebt an ihnen wie eine Fliege am Honig. Sie sind es auch, die jede Änderung zum Besseren verhindern. Härter durchgreifen müsste man, sag ich mal.«

Dölner nickte verdrossen. »Interessant. Bei radikalen Umwälzungen ist die Realität danach aber oft enttäuschend.«

Ireneusz starrte beleidigt an die Wand.

Miesepeter! Dass das Volk sich immer selbst bejammern musste! »Auch der Beauftragte hat sein Kreuz zu tragen«, brummte Dölner. »Auch Kommissar Dölner hat sein Problem!«

Ireneusz gönnte sich einen weiteren Schluck aus seinem Krug. Er schwankte etwas, als er die Kanne zurückstellte. »Viele Bräuche verstoßen gegen alle Regeln der Menschlichkeit und die christliche Barmherzigkeit, das kann der Herr nicht abstreiten.«

Dölner verzog den Mund. Ein geborener Aufrührer war dieser Mönch.

»In der Nacht, als alle nach Aloyse suchten, ist einer der Bauern in der Nähe der Leiche über eine ziemlich ungewöhnliche Schlinge gestolpert. Eine Garotte hat sie der Abt, dem der Mann den Strick ablieferte, genannt. Damit kann selbst ein Mann von geringer Körperkraft einen Ochsen lahm legen.«

»Das ist ja ganz was Neues! Könnte eine Frau ...?« Der Hofrat rieb seine Nasenspitze, die ihn mit ihrem verräterischen Zucken in Situationen wie dieser immer wieder in Verlegenheit brachte.

»Eine starke Frau vielleicht. Aber, dass ein Frauenzimmer so grauenhafte Taten begehen könnte, hat niemand ernstlich angenommen.«

»Ja, es wäre schwer denkbar. Meiner Treu! Möglich aber wäre es!« Dölner hob die Brauen.

»Eine starke Frau wie die Schmiedin oder die Müllerin könnte sicher einen Mann mit so einer Schlinge zu Boden zwingen. Wenn man hier aber die Umstände bedenkt ...«

Dölner nickte missmutig.

Ireneusz fuhr fort: »Der Müller hat vor zwei Jahren seine Mitarbeiter entlassen und Soldaten aus dem Strafbataillon eingestellt, die sich mit einem Brot und einem Stück Speck begnügten.« Er schien nach innen zu blicken. »Es war ein schlimmer Winter«, setzte er hinzu.

Die Schatten krochen jetzt aus allen Ecken. Die Folgen dieser Entscheidung: Hunger, Krankheit, Familien in Not, schwächliche Kinder. Der Hass, der sich ansammelte! Dölners schon immer lebhafte Einbildungskraft führte ihm das bildlich vors Auge. Er sah den Mönch an. »Der Müller hat das veranlasst? Und es war sein Sohn, der getötet wurde?«

»Die anderen Ermordeten waren nicht wohlhabend und wurden trotzdem umgebracht. Aloyse, Jeannot, der Schmied ... Erwürgt, erstochen, verstümmelt. Herr, sogar in der Bibel hab ich keine schlimmeren Grausamkeiten gefunden.« Ireneusz schüttelte den Kopf. »Da gibt es keine Logik! Wahrhaftig! Wenn man dem Geschwätz der Leute glauben kann, ist das Jahr des Herrn 1662 das Jahr des Satans.«

»Pfaffengeschwätz«, brummte Dölner. »Und Bauernweisheiten! Dass ihr das nie lassen könnt!«

Der Pater sah auf seine Sandalen. »Aber es stimmt. Gemeine Morde sind es, Herr!«

»Nun ja, uneigennützige Morde sind eher selten.« Dölner stemmte die Hände auf seinen wackligen Hocker, als er aufstand. »Aber wir wollen in unsren Behauptungen nicht übermütig werden. Hat Ireneusz übrigens bei den Suchen geholfen? Er ist ein wichtiger Mann. Bei Strapazen sind seine Säfte und Pflaster sicher hilfreich.«

Der Pater sah noch immer zu Boden. »Bert wurde über Monate vermisst. Eigentlich hat ihn nur noch seine Familie gesucht. Bei dem zweiten Mord hat man zunächst auch abgewartet, ob der Betroffene wieder auftauchen würde. Wer konnte ahnen?« Er seufzte. »Dann wusste man Bescheid, und als Aloyse vermisst wurde, suchten die Dorfbewohner mit ihren Hunden gleich die Wälder ab. Zu Fuß oder auf ihren schweren Ackerpferden. Es war nachts, und alle machten sich ins Hemd aus Angst vor dem Monstrum. Ich blieb hier. Jemand sollte die Angehörigen trösten, meinte der Abt.«

»Ach wirklich?«

Der Pater sah ausgesprochen unbehaglich aus. »Aber als Jeannot verschwand, war ich dabei. Ich wollte dem Jungen immer helfen. Nicht, dass ich seine Schwächen nicht gekannt hätte, aber er war noch jung, und seine Verwandtschaft gab ihm keinen Halt.« Mühsam ließ Ireneusz sich wieder auf einem dieser mörderisch unbequemen Hocker nieder. »Die Familie bestand aus einem Haufen von Wilderern und Strauchdieben. Eine raue, verschworene Bande, die sich alle frühzeitig abgesetzt haben. Aber viele sagen, der Alte sei der Schlimmste gewesen. Jetzt hat er niemanden mehr. Wie der Herr richtig gesagt hat, auch die Familien sind die Opfer.« Er nickte gedankenvoll. »Aber Jeannot war kein Verbrecher. Selbst, wenn die christliche Nächstenliebe ihm etwas abging.«

»So.« Wenn Dölner richtig verstand, glaubte Ireneusz, der Täter habe einen Rachefeldzug unternommen, um ein Vergehen gegen die Menschlichkeit zu rächen. »Die Opfer sind also wenig angenehme Zeitgenossen?«

Ireneusz sah auf seine nackten, braunen Zehen. »Das sage ich nicht. Bert, zum Beispiel, der war immer bemüht, alles richtig zu machen. Deshalb hatte der Abt sogar beschlossen, ihm die Verantwortung für die Regelung der Osterfeiern anzuvertrauen. Für die Jugend, wohlverstanden! Die Zusammensetzung der Osterprozession, die Wahl der Lieder für den Chor ... all das. Bert war bescheiden und hat versucht abzulehnen. Aber der Abt blieb hartnäckig. Jeannot hat Bert die Ehre nicht gegönnt. Er hat gestänkert, obwohl man ihn nie in Betracht gezogen hätte.«

»Jeannot hatte sich da viel vorgenommen.«

»Nun ja. Einen angenehmen Charakter hatte er ja nicht. Dem Aloyse mit den Pockennarben rief er nach, ob er die Räude habe. Richtig gehässig konnte er sein, so jung er war. Auch gegen die Anna, die mit dem Kind, ließ er ziemlich grobes Geschütz auffahren. Man fand seine Leiche am Waldrand, da, wo der Waldweg die alte Römerstraße überquert – bei dem Teich, in dem die Kinder im Sommer baden.« Er machte eine Pause und setzte hinzu: »Einige der Opfer hatten schon eine ziemlich düstere Seite. Ob das die Ursache ihrer Strafe war?«

»Wir wollen nicht vorgreifen, solange wir das Mordmotiv nicht kennen.« Der Abgeordnete reichte dem Pater seinen Becher, der ihn gehorsam füllte. »Hat man irgendwelche Spuren am Tatort gefunden?«

»Etwas abseits in einer Grotte lagen Tierkadaver, Frösche, ein kleiner gelber Singvogel, wie der, den die Meierin in einem Käfig hat. Sogar eine Eule. Wir machten uns Gedanken, wie sie wohl umgekommen war. Jemand muss seine Fallen dort aufgestellt haben. Der Kesselflicker stellt grausame Fallen auf.«

»Ein Hinweis? Serientäter handeln so. Was hat man bei den anderen gefunden?«

»Vertrocknete Kräuter, ausgerupfte Federn ... und Lattich, dieses Satanszeug! Als der Schmied verschwand, äußerten sie zum ersten Mal den Verdacht, der Teufel habe seine Hand Spiel.«

Unwirsch hob Dölner die Brauen. »Unsinn! Er soll nicht immer den Beelzebub zitieren. Den Beelzebub kann man nicht für alles verantwortlich machen. Der Schmied war grob und angsteinflößend, sagt er?«

Der Pater nickte ziemlich unglücklich. »Er war ein Einzelgänger.« Dann schien ihm etwas einzufallen. »Aber in der Tasche hatte er ein gesticktes Band, wie Frauenzimmer es im Haar tragen. Bis dahin wussten wir nicht mal, dass er ein Mädchen hatte.«

»Hm! So was wird der Familie oft verheimlicht! Den Nächsten verschweigt man einiges! Offen über alles reden ist besser«, sagte der Kommissär, der tagelang nur mit Maxi, seinem Windspiel, eine ziemlich einseitige Konversation führte. »Ireneusz hat einen gesunden Menschenverstand, stelle ich fest. Aber warum lebt er nicht in seinem Kloster? Warum ist er in dieser Hütte?«, fragte Dölner, der langjährige Staatsdiener.

In seiner Jugend hatte Leonard manchmal mit dem Gedanken gespielt, Mönch zu werden. In einem Kloster mit Schweigepflicht. Meditieren, Kontemplation, Kasteiung ... nein, Kasteien wohl nicht!

»Der Abt befahl es so.« Ireneusz wiegte seinen Kopf hin und her.

Dölner warf ihm einen misstrauischen Blick zu. Etwas Mysteriöses umgab seine Person. Was hatte der Mönch angestellt? Ein Vergehen gegen einen dieser Bräuche, die er so oft erwähnte? Wahrscheinlich! Aber man vertraute ihm. Sogar Dölner empfand in seiner Gegenwart ein gesteigertes, absurdes Mitteilungsbedürfnis. Konnte es sein, dass Terese dem Pater von dem Wilderer erzählt, ihm vielleicht sogar seinen Namen genannt hatte?

Dölner störten die Ungereimtheiten und Widersprüchlichkeiten dieser Geschichte zunehmend. Er stieß die Holzkiste mit dem Stiefel gegen seinen Hocker und suchte darin nach etwas, das ihm beim Nachdenken helfen könnte. Als er den Ball der Katze, ein ziemlich ramponiertes Wollknäuel, entdeckte, presste er ihn kräftig in seiner Hand. An etwas musste er seinen Zorn auslassen, und in dieser Hinsicht war der Ball am harmlosesten.

Im Nebenraum fiel wieder etwas zu Boden und zerbrach. Der Pater raffte seinen Rock zusammen, dass man seine nackten, behaarten Beine sah. Er lief hinaus, wobei er sich mehrmals bekreuzigte.

Dölner verbiss sich ein Lachen. Dann saß er regungslos. Er schüttelte den Kopf und zog wieder seine Liste hervor. Wer könnte der Nächste sein? Jeder kam in Frage.

Er faltete den Zettel mehrmals zusammen und steckte ihn wieder ein. Es war eine seiner Eigenheiten, alles Schriftliche klein und diskret zu halten. Eine Lebensweisheit, die einem wie ihm half, Ordnung zu halten.

Die Kirchenglocke läutete in der Ferne. Der Klang schien kräftig und entschlossen. Aber drückte Dölner den Geschehnissen nicht seine persönliches Empfinden oder seine Gefühle auf? Nichtsdestoweniger beruhigte es den Kommissar, dass es im Dorf Leute gab, die wachten.

## 13. Kapitel

*Draußen war es kalt. Florentius ließ sich Zeit. Er sammelte wohl alles, was er zum Exorzismus brauchte. Talismane, Amulette, Knoblauch ... die einschlägigen Bücher, das Kruzifix.*

*Der Rächer wurde ungeduldig. Im Stall hatte jemand einen leeren Leinensack an seinen Sattel gebunden. Wollte man, dass er sein Bündel schnürte und abhaute? Wer wollte das?*

*Als die Kerze endlich hinter dem Fenster erlosch und der Schlüssel im Schloss knarrte, schwang der Rächer sich hastig auf sein Pferd.*

* * *

Als der Pater wieder auftauchte, war er nicht allein. Terese war bei ihm, und sie hielt einen jungen Mann an der Hand. Einen blonden, gut aussehenden Burschen, dem man gleich den Landmann ansah. Er trug grob gestrickte Beinkleider und den hier üblichen blauen Arbeitskittel. Dölner fiel der merkwürdig gespannte Ausdruck seines Gesichts auf. Seine Blicke schweiften misstrauisch umher, musterten kurz die Anwesenden und blieben dann auf Dölners feinen Lederstiefeln hängen. Der Bursche schien in einem gereizten Zustand zu sein.

Der Pater ließ sich mit unglücklichem Gesicht auf seinem Schemel nieder und jammerte jetzt leise vor sich hin. »Sie wollte es unbedingt. Sie gibt nie nach. Ei je!«

Der Junge ballte die Hände und begann dann, immer noch mit dem Blick auf Dölners feinen Stiefeln, leise vor sich hin zu trällern. »Sou reiden dè Héren, ob hire stolze Pérden

– sou reiden dè Jeffercher, mat hire goldene Pantéffelcher, sou reiden dè Baueren, dè ...«

Dölner rieb sich das Kinn, und der Junge schnaufte verächtlich. Sein Gesicht, unter einem dichten, blonden Haarschopf, war gerötet, und er schien Fieber zu haben. Unter normalen Umständen war er bestimmt ein angenehmer, freundlicher Zeitgenosse, aber jetzt wirkte er verzweifelt und aufgebracht.

Terese legte beruhigend ihre Hand auf seinen Arm. Sie sagte zu Dölner, der zwei Schritte zurückgetreten war: »Jan wird immer für alles beschuldigt. Ich tue mein Bestes, aber die Leute ... Sie reden und reden.« Sie hob die Schultern. »Mir ist aber eingefallen, dass wir bei der Aufzählung vorhin, vergessen haben, die Handwerker zu erwähnen. Der Schneider kommt mehrmals im Jahr mit seinem Stoffballen zur Anprobe. Fast zur selben Zeit wie der Schuster mit seinen Lederflicken!« Erwartungsvoll blickte sie den Hofrat an.

»Ah ja, der Schneider und der Schuster!« Es war nicht das erste Mal, dass man Handwerker vergaß.

Ireneusz schüttelte den Kopf. »Sie waren seit Monaten nicht hier. Der Schuster hat ein offenes Bein und geht nicht mehr außer Haus. Ebenso wenig wie der Schneider mit seinem Rheuma. Die Zunft hat schon beschlossen, zwei Nachfolger aus Clerf einzustellen.«

Dölner wandte sich an Terese. »Wie kommt es, dass niemand mehr von dem Mord an dem Sekretär des Gouverneurs redet?«

Jan straffte sich, angespannt wie ein Tier, das Gefahr wittert.

Terese warf ihm einen Blick zu. »Man hat den Täter gefasst. Ein junger Herr aus Malmédy. Es war definitiv ein

Racheakt. Der Sekretär hatte seinen Bruder im Zweikampf getötet. Gestern Abend haben sie es nach der Sitzung bekannt gegeben.« Sie schüttelte den Kopf. »Ich habe Jan davon erzählt, aber er sagt, das ändere nicht viel. So oder so seien doch alle hinter ihm her. Jan ist richtig verbittert. Und er ist krank.«

»Was fehlt ihm?«

»Er hat einen schlimmen Zahn, der immer eitert. Der Pater wird den Bösewicht morgen ziehen.« Sie funkelte den Mönch an. »Schmerzlos!«

»Ich werde die Mumia nehmen. Er wird nichts spüren.« Ireneusz sagte stolz: »Die Mumia ist das gestoßene Pulver einer echten Mumie. Ein Händler, der lange im Orient weilte, hat es mir überlassen. Ich erwies ihm einen Dienst.«

Terese nickte zufrieden: »Das ist gut. Mein Vater wird Jan festhalten.«

Der Junge sah jetzt gar nicht gefährlich, nur erschrocken aus.

Terese meinte. »Er hat Angst. Als kleiner Bub hat ihm der alte Hufschmied einen Zahn gezogen. Er hat es nie vergessen. Aber der Pater weiß, wie man eine Extraktion macht. Diesmal wird Jan keine Schmerzen haben.«

Eine Mumia! Dölner war beeindruckt. Wenn man bedachte, dass man dem letzten französischen König, als man ihm seinen letzten Zahn zog, den ganzen Kiefer mit ausgezogen hatte, war diese Angst begreiflich.

Terese machte sich an dem Topf mit der Brühe zu schaffen. »Zuerst aber werden wir essen. Jan hat seit Tagen nur das Essen gehabt, das Ireneusz ihm vorsetzt. Stärzelen! Manchmal mit ausgelassenen Speckwürfeln, aber beileibe nicht immer.« Terese warf dem Pater einen strengen Blick zu. Ihrem blassen, überanstrengten Gesicht sah man die Müdigkeit an.

»Ja, gut essen ist wichtig«, stimmte Dölner zu. »Das wird dem Burschen helfen. Alles andere wird sich einrenken. Und die Belua wird man fassen, da bin ich mir sicher.«

Niemand sagte etwas.

Dann räusperte sich der Hofrat. »Hm! Jan hat also keine Ahnung, wer hinter all dem steht?« Er strich über sein reichlich zerknittertes Beinkleid, wobei er Jans schwere Fäuste nicht aus den Augen ließ.

Zu seinem Erstaunen nickte der Junge. »Es ist kein Mensch.«

»Das versteh ich jetzt nicht!«

Jan sagte mit zusammengepressten Lippen: »Die Belua ist eine Idee! Eine Wolke.« Sein Gesicht glühte. »Sie wächst und bläht sich auf, bis sie alles verdunkelt und es finster wird wie im Mittelalter. Sie wird so dick, bis sie schlussendlich platzt und – pfft – alles unter sich begräbt. Ich weiß nicht, wie ich noch ein Bild malen soll ohne dunkle Wolke darauf.«

Dölner räkelte sich unbehaglich auf seiner Holzbank. Der Junge hatte den Verstand verloren.

Ireneusz visierte einen Punkt, der sich irgendwo über seinem Kopf befand, auf den vom Alter geschwärzten, mit Wurmlöchern durchzogenen, schweren Eichenbohlen: »Jan meint die biblischen Plagen Ägyptens. Sieben waren es.«

»Oh!« Dölner riss seinen Blick von dem jungen Maler weg und schaute ebenfalls an die Decke. »Heuschrecken? Schlangen?«

Terese rümpfte die Nase. »Ungerechtigkeit. Neid. Missgunst. Das ist die Wolke. Es sind unsere Plagen!«

Jan unterbrach sie: »Die Lästermäuler hast du vergessen.«

Terese schüttelte den Kopf. »Nein, ich habe die Klatschmäuler nicht vergessen. Quak, quak, quak! Geschwätzige Frösche! Aber die Plagen morden nicht. Sie machen die Leute nur böse und schlecht, sodass sie es statt ihrer tun.«

Der Grünschnabel hatte lange nachgedacht. Er hatte sich Gedanken über die Gründe, die Menschen zu kriminellen Taten anstifteten, gemacht. *O sancta simplicitas!*

Aber so einfach war es nicht! Himmel! *Ranae loquaces!* Geschwätzige Frösche!

Dölner atmete tief ein, aber Terese warf ihm einen gebieterischen Blick zu. Sie war hier diejenige, die die Führung übernommen hatte. »Wir werden jetzt die Suppe essen. Nachher reden wir weiter. Es wird ja eh nichts passieren.«

Ireneusz rutschte unbehaglich hin und her. »Leider ist das zu befürchten. Was das andere angeht, muss ich zugeben, dass diejenigen, die auf der Seite von Recht und Ordnung stehen, nicht immer gute Menschen sind.«

»Mag sein. Und hat Jan etwas unternommen, um das zu ändern?«

Terese und der Mönch sahen den Kommissär entrüstet an. Aber die Realität war nun mal, dass der Verdacht recht eindeutig auf den jungen Künstler wies. Er hatte Grund, die Menschen im Dorf zu hassen. Er kam ohne aufzufallen überall hin. Am Mord an dem Sekretär in der Abtei war er unschuldig, aber mit seinen aufrührerischen Ideen, seiner Wut, wäre er zu Gewalttaten imstande.

Hatte Jan die Sünder umgebracht, um seinen Himmel wieder so blau zu haben wie seinen Kittel? Aber warum hatte er dann nicht den Meier oder den Gouverneur getötet?

Der Abgeordnete hatte auch die Erfahrung gemacht, dass vor allem gut meinende Menschen blau trugen. Blau war die Farbe der unverbesserlichen Optimisten.

Er räusperte sich und lenkte vom Thema ab. »Wissen die jungen Leute, dass der Mörder lesen kann?«

Terese nickte. »Wir wissen es. Im Dorf gibt es nicht viele, die schreiben oder lesen können. Aloyse und Jeannot hätten eine Feder in ihren Fäusten zerquetscht. Klaus und dem Schmied fehlte es an Begabung. Nun ja, sie waren zu dumm dazu. Der junge Müller und die anderen aus der Mühle konnten schreiben.«

Dölner unterbrach sie. »Es ist aber der Mörder, der schreibkundig sein soll.« Wieder einmal hatte man die Opfer mit dem Täter verwechselt. Es war schon seltsam! Es war, als ob die Opfer die Täter wären!

Der Pater sagte: »Trèisy kann lesen und schreiben. Ihre Mutter war bei einer Familie im Dienst, die ihr vieles beibrachten und sie wie ihr eigenes Kind behandelten. Das kommt vor. Aber es ist nicht üblich, dass eine Magd im Schreiben unterrichtet wird.«

»Das stimmt wohl«, räumte Dölner ein.

Terese nickte eifrig: »Meine beste Freundin, die Vally – sie weilt leider nicht mehr unter uns –, wurde von der Meierin im Sticken unterwiesen. Sie hat Sticktücher gemacht, die wahre Kunstwerke sind. Die Frau vom Gouverneur, die Wirtin vom *Hirschen* in Clerf, auch die Müllerin hier, haben ihr mehrere abgekauft. Mir hat sie eins geschenkt. Aber schreiben konnte sie nicht.«

Der Pater nickte etwas verlegen. »Jan hat schreiben gelernt. Er ist in einem Kloster aufgewachsen.«

»Sehr interessant!«

Terese sagte: »Jan war eine Waise. Die Pater haben ihm vieles beigebracht. Seinen Namen hat er von einem niederländischen Mönch, der sein Talent erkannte und ihn unter seine Fittiche nahm. Der Niederländer wollte ihn bei einem Bildhauer in die Lehre geben, aber der Meier hat es nicht gestattet. Jan solle der Gemeinde seine Schulden abzahlen, bevor er sich mit Unsinn abgebe. Die Freistelle bekam ein Protegé des Meiers, der noch nie ein Bild gemalt hat.« Sie schüttelte sich, als sei ihr plötzlich kalt. »Es gibt Leute, die gern die Hand aufhalten.«

Dölner nickte langsam. Er starrte den jungen Maler an, ohne ihn zu sehen. *Genus irritabile vatum!* Das empfindsame Geschlecht der Künstler! Man sollte es nicht unterschätzen!

Dölners Blick bewirkte, dass Terese sich hin und her räkelte. »De Posthär huet e Bôk un«, setzte sie hinzu.

Dölner hob die Augenbrauen. Verdammt! Ein Kauderwelsch – ein Idiolekt! Er biss sich auf die Zunge. In seinem Kopf entstanden Bilder von Verschwörungen. Von Agenten, spanischen Agenten, die sich in Dialekten verständigten, die sie sich hinterhältig angeeignet hatten. Ungeachtet seiner professionellen Abgebrühtheit ließ sich der Kommissar immer wieder zu irrationalen, gefühlsbetonten Spekulationen hinreißen, die er dann aber verwarf.

Der Junge sagte scharf: »Alle hier sind so. Alle tragen eine Maske. Was dieses Dorf aus den Menschen macht!«

»Ah? Was könnte die Ursache sein?«

Jan lachte kurz. »Die Frösche! Sie quaken und tuscheln und zischeln ...«

Dölner beobachtete ihn. Er kniff plötzlich seine Augen zusammen. »Wer könnte der Nächste sein? Wer?« Sie sahen sich an. Ihr Gruselgefühl vertiefte sich. Es würde einen Nächsten geben.

Wieder heulte ein Hund in der Ferne.

Terese sagte nervös. »Im Winter kommen sie bis in die Außenhöfe. Paul, mein Bruder, hasst sie.«

»Die Hunde?«

»Es sind Wölfe! Man hört sie in den Wäldern heulen. Aber gefährlich sind sie nur bei lang anhaltendem Frost, sagt Georg. Das ist mein anderer Bruder. Einmal hat er einen jungen Wolf aufgezogen, den er im Wald gefunden hat. Später musste er ihn aber wieder freilassen.«

»Einen richtigen Wolf?«

Terese sah ihn an: »Er war wie ein Hund. Er fraß Georg aus der Hand. Aber Paul sagt, sie seien unberechenbar. In den Oeslinger Wäldern seien sie so gefährlich wie Schlangen im Garten Eden. Paul ist in einer Klosterschule. Er wird Mönch oder Lehrer. Er kann sich nicht entscheiden. Der falsche Beruf kann einen Menschen zerstören, sagt er. Aber Paul war immer schwierig.«

»Soso, ein Bruder, der Mönch wird!«

Der Pater erhob sich: »Terese hat sehr begabte Brüder. Georg und Paul. Beide wollten schon als Kinder gegen das Böse in den Krieg ziehen, wie Ritter, die zu einem Kreuzzug aufbrechen. Paul wird sicher ein hervorragender Mönch.« Er schlurfte zu dem Kessel.

Terese sagte stolz »Georg bekam einen Posten beim Gouverneur. Einen wirklich wichtigen Posten. Aber er war viel unterwegs! Auf einer seiner Reisen wurde er von räuberischen Banditen überfallen. Monate haben wir nichts von ihm gehört. Wir nahmen an, er sei tot.« Terese zupfte gedankenverloren an ihrem Haarband. »Doch er wurde in der Abtei in Orval gesund gepflegt, und der Gouverneur unterstützt ihn weiter.« Stolz sah sie den Hofrat an.

* * *

Eine halbe Stunde später saßen sie in der Küche um den Kamin und beendigten ihre Mahlzeit. Es musste zwei Uhr sein, vielleicht halb drei oder drei. Terese reichte jedem einen verschrumpelten kleinen Apfel, den sie aus einer Schale genommen hatte. Er schmeckte süß. Das Zimmer war größer und wohnlicher als die Zelle. Nicht so eine Rumpelkammer. Auch hier waren Gefäße und Töpfe planlos im Zimmer verstreut. Ein Ausziehbett stand neben dem Kamin und sah gemütlich und einladend aus. Auch wenn jetzt die graue Katze darin lag.

Ireneusz sammelte die Näpfe mit den Essensresten ein. Von den Wachteln, dem gedörrten Fisch, dem Wild, dem vorzüglichen Rebhendl war nichts mehr übrig. Alle fühlten sich wohler und entspannt. Sogar Jan hatte eine bessere Miene. Der Kerl war kein Mörder! So viel konnte der Kommissar beurteilen.

»Schmalzkringel macht sie auch?«, wandte sich der Kommissar an Terese. »So richtig fetttriefende Schmalzkringel?«

»Und Honigbretzeln!«, sagte sie hoffnungsvoll.

»Hm, gut! Weibsbilder sollten etwas vom Kochen verstehen.«

Ireneusz erhob sich. Während er am Strick um seinen Bauch drehte, sah er den Gesandten an. »Sie sagen, in einem anderen Erdteil gibt es Menschen mit anderer Hautfarbe. Stimmt das?«

Dölner stocherte ein letztes Stück Wachtel aus seinem Zahn, rülpste und räusperte sich. »Ireneusz beschäftigt sich mit fernen Kontinenten? Sehr interessant!«

»Mein Vater handelte mit Gewürzen. Er reiste durch die ganze Welt. Er war lange Zeit in Afrika, auch in Indien. Er starb, als ich zwölf war. Meine Mutter habe ich nicht gekannt. Sie kam vom schwarzen Kontinent.« Er scharrte einige Krümel zur Seite.

Der Kommissär gab unbestimmte, tröstende Laute von sich. Eines entwickelte sich aus dem anderen. Es war alles ganz logisch. Alles hier war logisch. *O sancta simplicitas!* Sogar, dass der Kommissar die Möglichkeit gefunden hatte, persönliches längst vergangenes Unrecht gutzumachen, war logisch. Er biss wieder in seinen Apfel. Eine Kampagne gegen die hier übliche Gangart führen, könnte allerdings zu einer gefährlichen Eskalation ausarten. Eine Meute wie ein Insektenschwarm würde über den Ketzer herfallen. Ungefährlicher wäre es, den Dingen ihren Lauf zu lassen.

Plötzlich fiel er in eine tiefe Melancholie. Sicher fand die Terese, dass er klein war. Ein geschrumpfter, feiger Mann. Diese Närrin, die Gerechtigkeit in einer ungerechten Welt erstrebte, hatte gleich seine moralische Abgestumpftheit bloßgelegt. Die Tatsache, dass er immer öfter zur Flasche griff, immer öfter seinen Apotheker rief, damit er ihm das weiße Pülverchen gegen seine Kopfschmerzen brachte. Sie schien sogar den Stachel, der immer in seinem Leben war, erkannt zu haben.

In diesem Moment kam ihm die Idee, dass das Ungeheuer eine ganz persönliche Erfindung der Magd sein könnte, geschaffen um ihm seine Unzulänglichkeiten unter die Nase zu reiben. Den Stachel würde er weiter akzeptieren müssen.

## 14. Kapitel

*Vorsichtig betrat Florentius die Martinsscheune von der unteren Wiesenseite her. Um die Frevler bei ihrer Tat zu überraschen, hatte er seinen Wagen mit dem jungen, lebhaften Pferd weiter unten am Hang stehen lassen.*

*In der Scheune waren drei Kutschen an der Mauer gegenüber aufgereiht. Alle drei waren gut gepflegt und bequem ausstaffiert. Martin war wohlhabend und liebte es, mit seinem Reichtum zu protzen. Florentius hörte ihm oft stirnrunzelnd zu, wenn er mit seinen Einkäufen prahlte und über Pferdeauktionen erzählte.*

*Alles war ruhig. Eigentlich hatte Florentius erwartet, etwas zu hören, Laute ... Die Tilly war geräuschvoll, aber alles war still. Florentius bewegte sich vorsichtig weiter. Wenn er im Begriff stand, einen Sünder zu stellen, vergaß er sogar seine Arthritis.*

*In der geschlossenen Kutsche, da in der Mitte, bewegte sich etwas. Etwas erschien im rechteckigen Fenster. Hatten die Sünder sich im Wagen verschanzt?*

*Der Mönch war verwirrt. Er stolperte über ein Seil, das am Boden lag. Wie eine Schlange schlug es sich um seine Beine, Florentius fiel hin. Sein Rheuma machte sich jetzt unangenehm bemerkbar.*

*Etwas in einem wallenden Gewand, ohne Form, ohne Gesicht, kam näher. Es reckte seine Arme nach Florentius aus. Florentius spürte, wie die Angst ihn wie mit Klauen umfasste. Das Gespenst hielt eine Waffe, einen Dolch, wie Florentius noch keinen gesehen hatte.*

*Er verstand zwar nicht, warum, aber er wusste, dass der Rächer ihn umbringen würde.*

* * *

Der Hofrat musste nach dem Mahle eingenickt sein. Sie hatten ihn wohl hochgehoben und ziemlich unsanft niedergelegt, er hatte »Psst« und »Seid endlich still« vernommen und war in tiefe Bewusstlosigkeit versunken. Der Rest der Nacht schien äußerst kurz gewesen.

Als Dölner die Augen öffnete, war er in seinem Zimmer im Posthaus. Neben seinem Kopf lagen ein halber Laib Brot und ein großes Stück Käse. Angewidert hievte er sich auf seinen Ellbogen und rümpfte die Nase. Der bloße Gedanke an Nahrung verursachte ihm Übelkeit. Die Sonne schien durch die Scheiben, und er schloss seine Augen vor der funkelnden Helligkeit. Er ließ sich zurückfallen.

Jemand schüttelte ihn ungeduldig am Arm und meinte, er solle aufstehen, ansonsten der Meier, dieser verdammte Pedant, ihnen die Suppe versalzen könnte.

Dölner öffnete die Augen einen Spalt. Der Störenfried war ein gut aussehender, sehr schlanker junger Mensch in städtischer Kleidung und modischer Frisur, der eine vage Ähnlichkeit mit einer Person hatte, die Dölner an etwas erinnerte, das ihm im Gedächtnis geblieben war, es in seinem jetzigen Zustand aber nicht einordnen konnte.

Der Kommissar stöhnte und hielt seinen schmerzenden Kopf. »Wer ist er?« Abwehrend streckte er die Hände aus.

»Georg, Georg Thillen, Tereses Bruder.« Georg hatte die Augen abgewandt. »Ich helfe sehr ungern, muss ich betonen. Eine wirklich dringende Sache hat meinen Vater aufgehalten und Trèisy denkt – na ja ...« Angriffslustig setzte er hinzu. »Ist dem Herrn klar, dass er die Leute nicht zwingen kann, ihm zu vertrauen? Warum, zum Teufel, sollten sie einem Wildfremden ihre Angelegenheiten erzählen? Noch dazu einem Kaiserlichen?« Thillen zeigte eine Reihe schneeweißer Zähne. »Keine Sekunde würden sie!«

Und das nach den gestrigen Strapazen! Was, zum Teufel, hatte diese verflixte Terese sich da wieder einfallen lassen? Vorsichtig bewegte Dölner den Kopf hin und her und war beruhigt, dass dieser auf dem Hals blieb.

Mit einem Hauch von Unverschämtheit ging Georg vor dem riesigen Reisekoffer auf und ab, musterte die herumliegenden Gegenstände, betastete sie und schätzte sie ab. Als er Dölners Perücke und seinen Dreispitz mit den Samtbändern untersuchte, hob er beeindruckt die Augenbrauen. »Wohl, wohl. Anständig! Sachen hat der Herr Kommissär!« Er zeigte wieder seine Zähne. »Terese meint auch, der Herr müsse sich was überlegen, um seine Abwesenheit zu entschuldigen. Sie selbst schlägt vor, dem Meier die Geschichte von einem dringend notwendigen geistlichen Beistand des Spezialagenten aufzutischen. Was der Schleimer sicher schlucken wird.« Er zuckte mit den Schultern. »Terese ist durchtrieben wie ein Fuchs. Sie hat sich in den Kopf gesetzt, der Herr müsse unbedingt die Angehörigen der Opfer aufsuchen. Bei dem Plan bin ich wohl so was wie ein Botenjunge. Was soll's! Für Jan würde sie ja das Dorf Stein für Stein auseinander nehmen.«

Stein für Stein? Mit seinem von Müdigkeit vernebelten Verstand versuchte Dölner, sich die Szenerie vorzustellen. Diese baufälligen Hütten mit den engen Räumen, den blinden Fenstern. Die verschwörerische Terese würde sich trotz allem schwer tun. Aber ihn selbst hatte sie sehr gekonnt in ihre Pläne einbezogen.

Ungemütlich bewegte Dölner seine Schultern. Von frühester Kindheit an hatte er eine Abneigung gegen das Eingeengtsein. Und Leuten, die einen beherrschen wollten, misstraute er besonders. Aber Terese hatte ja uneigennützige Gründe für ihre dynamischen Inszenierungen.

Er wandte sich dem jungen Fant zu und versuchte, überzeugend zu wirken. »Es ist alles in Ordnung. Das, was wir uns vorgenommen haben, werden wir zu Ende führen, kann ich ihm versichern.«

Das Volk hier hatte ihm die Gelegenheit geboten, sich eine eigene Meinung zu bilden. Er würde sich Mühe geben.

»Ausgezeichnet, dann aber sollte der Herr Postagent nicht das Tempo des Postkutschensystems einschlagen!«, meinte Georg hämisch und legte den Kopf schief.

Dölner nickte säuerlich. Er verstand. Der Hieb bezog sich auf die Schlamperei des Reiseverkehrs. Auf die allgemein bekannte Problematik der Fürsten von Thurn und Taxis, die ihre Postmeister der Trödelei bezichtigten, sie aber, wenn überhaupt, stets mit Rückstand bezahlten. Was wiederum den Posthaltern einen Grund gab, den Kutschern und Postboten ihren Lohn nicht wie vereinbart zu entrichten. Auch wenn es stimmte, würde der Kommissar seine Fürsten vor Ausländern nicht kritisieren. Sie blieben unantastbar. Und was die andere Sache anging, würde er auch klarkommen. Nicht umsonst war er zwanzig Jahre lang ein erfolgreicher Ermittler und Beamter gewesen und hatte unzählige, scheinbar unlösbare Fälle enträtselt.

Als das Fenster aufging und der kühle Luftzug bei Dölner ein kombiniertes Kopf- und Zahnweh auslöste, fühlte er sich wieder an sein anderes Ziel erinnert. »Der Mönch! Hat er dem jungen Maler den Zahn gezogen?«

Georg antwortete nicht, und Dölner runzelte die Stirn. Er trank einen Schluck Wasser aus dem Krug und war froh, dass die Flüssigkeit nicht wieder hochkam. Sich mühsam aufrappelnd, kroch er aus dem Bett.

Dann machte er unter dem misstrauischem Blick seines Wachhundes Toilette, zog knurrend und brummend die noch immer feuchten Stiefel an, die neben dem Bett lagen, und, bevor sie sich auf den Weg machten, vergewisserte er sich, dass sich seine defensiven Hilfsmittel alle an ihrem rechten Platz befanden. Das Briefmesser, die Pistole ...

Der junge Mann schwieg weiter mit verkniffenem Mund. Er bewegte sich linkisch, als versuche er, jede Bewegung, die ihm Schmerzen bereiten könnte, zu vermeiden. Der Wundarzt, der ihn zusammengeflickt hatte, musste ein unfähiger Schinder gewesen sein. Wie so viele dieser Sorte. Die Zunft der Heilkundigen und Kräuterdoktoren auszurotten, anstatt dieser jungen Burschen, wäre keine schlechte Entscheidung gewesen. Dabei hätte der Hofrat ein Auge zudrücken können.

Draußen war es grau und frostig. Die Sonne war wieder verschwunden, und eine spukhafte Stimmung schien über der ganzen Ortschaft zu lagern. Die feuchte, graue Wolkendecke über dem Kirchturm bewegte sich nicht. Dölner fühlte sich elend. Ein wegen der Kälte bis an die Nasenspitze vermummter Knecht, der einen verschlafen trottenden Gaul führte, tauchte aus einem Tor vor ihm auf, und der Gesandte griff erschreckt in seinen Ärmel. Mit einem verächtlichen Schnaufer stieß ihn sein Begleiter zur Seite und verwies ihn zu einem Schuppen auf der anderen Straßenseite.

Benommen stolperte Dölner mehrmals, und Georg traf keine Anstalt, ihm zu helfen. Nur ein kurzes Anspannen seiner Kinnmuskeln zeigte, dass er alles, was um ihn herum vorging, mitbekam. Ein Holzbock!

Im Eingang des Schuppens stand ein Pferdewagen mit komfortablen Ledersitzen. Dölner schob seine Unterlippe missmutig nach vorn. Ein Coupé wie dieses hätte selbst er nicht verachtet. Was dem Luxus etwas Abbruch tat, war ein prall gefüllter Sack mit herausrieselndem Getreide, der auf dem Rücksitz lag.

»Ich liefere dem Müller das Korn der Clerfer Bauerngilde. Was immer der Meier dagegen halten mag! Kein Grund, warum nicht!« Georg Thillen hatte offenbar Dölners Unmut bemerkt. »Der für heute vorgesehene Markt ist schon das dritte Mal verschoben worden. Das letzte Mal brannten die Stallungen der Abtei ab. Diesmal stürzte eine morsche Holzbrücke ins Tal. Nach den dauernden Regenfällen nicht unerwartet! Und wenigstens hält es uns die Garnison vom Halse.« Er öffnete ein einfaches Holzgitter, hinter dem sich etliche Pferdeboxen befanden, und ging nach hinten, wobei er über die Schulter sagte: »Der Herr kann die Pelzdecke unter dem Vordersitz nehmen. Draußen ist es kalt.«

Dölner nickte. Er kletterte in den Wagen, zog zwei saubere, graue Wolfsfelle unter seinem Sitz hervor und legte sie sich fröstelnd über die Knie. Das ungeduldige Wiehern der Pferde im Hintergrund des Schuppens verhinderte weitere Bemerkungen.

Thillen kam mit einem lebhaft tänzelnden Rappen zurück, den der Hofrat aufmerksam ansah. Thillen spannte das Tier mit sparsamen, geschickten Gesten vor den Wagen, wobei Dölner neidisch zusah. Bevor er losfuhr, fühlte Georg die dünnen Fesseln des edlen Tieres, überprüfte das Zaumzeug und die Zügel. Er kontrollierte die Räder, warf einen Blick unters Gefährt.

Dölner grinste. Das Ungeheuer schlief, aber Tereses Bruder war auf der Hut! Man hörte die Warnrufe der Dorfältesten förmlich schallen. Schließlich stieg er ein und lenkte das Gefährt weit weniger vorsichtig ins Freie. Dölner versuchte krampfhaft, einen Zügel zu ergreifen, um sich festzuhalten, und gab sich Mühe, seinen Brechreiz zu unterdrücken. Er beherrschte sich, um den Fahrer nicht barsch zurechtzuweisen.

Draußen hielt Georg kurz an und sah sich um. Es schien fast, als wundere er sich über die trügerische Ruhe im Dorf.

Dölner sah, dass Georg an der Hand, die die Zügel führte, einen dicken Ring mit eckigen Buchstaben trug. Das Siegel einer Gilde. *Mont-joie*, Bischof Dionysius! Das Militär verlieh scheidenden Mitgliedern diese Ringe. Echte Protzorden! Blendwerke! Auch Geheimdienste liebten diese Dinger, wie er wusste.

Georg war ihm ein Rätsel. Zur Hölle mit Tereses Geheimniskrämerei! Warum hatte sie Dölner nicht besser informiert?

Georg lenkte den Wagen zügig nach links, wobei das Gefährt gemeingefährlich über die holprige Straße hüpfte. Der junge Mann schien entschlossen, keine Rücksicht auf seinen Fahrgast zu nehmen.

Am Ende der Gasse, hinter der Kirche und dem Friedhof, sah Dölner die geschlossenen Läden der Mönchsklause, aus deren Kamin dünner Rauch kam. Er überlegte, dass er bald nach einem guten Grund suchen musste, seinen Besuch dort zu verschieben. Er hatte eine vage Erinnerung, den Pater fast flehend um seinen medizinischen Rat gebeten zu haben. *Horribile visu!*

Georg schaute ihn von der Seite her an: »Sehr lobenswert von Euer Ehren, den Menschen hier seine Hilfe zukommen zu lassen! Sehr edel! Handelt der Herr aus Pflichtbewusstsein, oder empfindet er richtig Mitgefühl mit dem Bauernpack?« Ein spöttisches Grinsen zog über sein Gesicht. Dem Burschen war Mitgefühl anscheinend ein Fremdwort.

Dölner schwieg. Von Gewissenhaftigkeit konnte man eigentlich nicht ausgehen. Und Mitgefühl? Etwas davon jedenfalls. Keinesfalls würde er diesem Frechdachs gestehen, dass nicht zuletzt auch ein orientalisches Wundermittel den Anstoß zu seinem tatkräftigen Eingreifen gegeben hatte.

Als ob er Gedanken lesen könnte, sagte Georg mit einem Blick zur Klause: »Die Mumie! Werden auch die Tücher gemahlen, oder verwendet man nur die Knochen? Mich könnten sie nicht so einseifen. Ein kräftiges Gebräu, mit dem ich mich bis zur Besinnungslosigkeit besaufen würde, wäre mir lieber.«

Dölner war peinlich berührt. »Oh, in Wien hat man großen Respekt vor der Mumia. Fürst Esterhazy hat sein unbequemes Jucken im – hm – mit diesem Heilmittel auskuriert.« Schuldbewusst unterdrückte er ein Glucksen.

Georg warf ihm einen Blick zu. Ein kühler Lufthauch veranlasste den Agenten, seinen Schal vors Gesicht zu ziehen.

Auf dem Dorfplatz angekommen drehten sie zähneklappernd und unschlüssig um eine riesige Kastanie. Etwas geniert durch die neugierigen Blicke zweier Frauen, die neben einer flackernden Feuerstelle am Waschbrunnen ihre Wäsche klopften und wrangen.

Die Jüngere, fast noch ein Kind, hatte trotz der Kälte die oberen Knöpfe ihrer blauen Bluse offen. Den gestreiften Rock hatte sie in der Taille hochgebunden, sodass man ihre nackten Beine bis zu den Knien sah. Sie reckte sich, während sie das lange, schwarze Haar aus der Stirn strich. Sie war höchstens fünfzehn. Die andere, wesentlich ältere, war ganz in Schwarz gekleidet und sah verdrossen zur Seite. Strähniges, graues Haar klebte an ihrer Stirn wie der Helm eines türkischen Reiters. Die senkrechten, wie eingekerbten Falten um ihren Mund vertieften sich beim Auftauchen der beiden Männer.

Dölner machte eine Geste, die Frauen zu begrüßen, aber Georg lenkte den Wagen schneidig weiter. »Wir fahren zuerst zur Mühle. So ist es. Die beste Lösung ist immer am Anfang zu beginnen«, meinte er pedantisch. »Wenn der Herr aber mit der Schmiedin reden will, kann er das später tun. Sie haust neben der Kirche. Sie hat Zimmer zu vermieten.«

Dölner sah ihn verwundert an und blickte noch einmal zu den Wäscherinnen hin. Die Frau in Schwarz musste also die Mutter des Schmieds zu sein. Der Mönch hatte erwähnt, sie rede mit ihren Katzen. Bei der Katzenfrau wohnen, Teufel noch mal ... Dölner schüttelte sich bei dieser Vorstellung.

Die Jüngere schaute ihnen nach. Sie stand wie abwartend neben einem mit Regenwasser gefüllten Bottich, der leckte. Georg hatte wieder seinen starren Gesichtsausdruck aufgesetzt und warf dem außergewöhnlich hübschen, aber für einen Waschtag etwas zu herausgeputzten Mädchen keinen Blick zu. Dölner nickte nachdenklich. Das Dorf begann ihn mehr und mehr zu interessieren.

Sie verließen den Hauptweg, die engen Häuser mit den verschlossenen Fenstern, holperten aus dem Ort und bogen in einen von niederen Büschen gesäumten Pfad ein. Er war von Baumwurzeln durchzogen und mit mehreren Schichten von faulenden Blättern übersät.

Am südlichen Dorfrand kamen sie an einem kleinen Hof mit angebautem Stall vorbei, vor dem eine junge, dunkelhaarige Frau in einem langen, gefransten Schal, der fast am Boden schleppte, Holz hackte. Sie sah nicht auf. Ein etwa zehnjähriges Mädchen lief hinter ein paar blökenden Schafen und zwei Ziegen her und stieß kleine Schreie aus.

Auf Dölners Blick hin, meinte Georg: *»De Bélenhaff!* Klaus! Eine besonders giftig stechende *Bélenart!«*

»Ah!« Dölner verstand den Sinn, wenn schon nicht den Dialekt.

»Aloyse und Jeannot wohnten nebeneinander etwas oberhalb der Kirche. Da, wo sich auch die Schmiede befindet.« Thillen wies mit dem Kinn rückwärts..

»Hm!« Dölner musterte ihn. Georg war redseliger als vorhin. Der Kommissar beschloss, die Gunst der Stunde zu nutzen. »Ich frage mich ... Wenn ein Einberufener, einer von der Soldateska, den Jan rekrutiert hätte, in welchen Verband hätte er ihn gesteckt – seinen Meriten nach? Zu den Landsknechten mit ihren Piken, den Trommlern oder in die Verpflegung?«

»Den Jan?« Georg grinste etwas: »Zu den Rindviechern.«

»Ah! Und den Weilerbauer?«

»Den hätte man zum Rekrutieren eingesetzt. Der kann die Leute beschwatzen wie kein zweiter.«

»Und Georg? Georg Thillen? Als Fahnenträger vielleicht?«

Georg verzog den Mund. Er schnaufte:: »Auch zu den Rindviechern, oder besser noch den Hammeln!«

Sie schwiegen. Dölner ließ den Blick über das Gelände schweifen und versuchte sich vorzustellen, wo ein Mann auf der Flucht sich versteckt halten konnte. Überall dehnte sich der Wald, feucht und düster an diesem kalten Novembertag. Die Bäume mit den müde herabhängenden, krummen Ästen am Wegrand verwehrten wie ein Schild den Einblick in die Waldung. Im hellen Tageslicht drohte ihnen kaum Gefahr, aber das Messer in seinem Ärmel und Georgs kräftige Hände waren beruhigend.

Nach gut zwei Meilen führte der Weg steil in ein enges Tal. Ein Rauschen und Klappern, das vom Bach kam und allmählich stärker wurde, brachte ihm die Geräusche in Erinnerung, die der Kutscher mit den klauenartigen Händen Meilen entfernt in einer anderen Gegend zu hören geglaubt hatte! Zu einem Moment, als Dölner, jedenfalls was gewisse Dinge betraf, noch unschuldig war.

Der Hofrat sah den jungen Fahrer an. »Wird der Müller uns empfangen? So unangemeldet?«

»Ich liefere dem Müller die Säcke aus Clerf ab. Ja?«, knurrte Georg. »Warum sollte er nicht?« Er streckte den Arm aus, als wolle er mit einer Waffe auf jemanden zielen.

Es wirkte nicht witzig, eher kriegerisch. Sein Gesicht wies wieder einen mürrischen Zug auf. Die Verschnaufpause war vorbei und seine Hilfsbereitschaft, wie es schien, ziemlich spekulativ.

Am Kragen seines Mantels aus feinstem Tuch war Grauwerk. Georgs Beruf musste einträglich sein. Er erinnerte Dölner an den selbstgefälligen, neuen Prokuristen aus seinem Amt, einen stets gut gekleideten Ungarn, der sorgfältig auf alle politischen Winde achtete, von welcher Richtung sie auch kamen. Der Hofrat betrachtete das Objekt seines Nachdenkens mit Interesse. Er versuchte zu verstehen, was nicht an der Oberfläche sichtbar war. Ob es Georg störte, dass der dickste Fisch im Teich immer der Meier sein würde? Ob er andere Ambitionen hatte? Ob er doch ein Fahnenträger und kein Hammel war?

Ein Windstoß ließ Dölner den Kragen hochstellen. Als sie sich, nach einer scharfen Kurve, der Mühle näherten, wurde der Lärm stärker. Ein betäubender Krach, der sich gelegentlich, wenn das Mühlenrad eine Klippe überwand, zu einem orkanartigen Donnern auswuchs.

Sie kamen in einen sauber gefegten, quadratischen Hof, in dem ein halbes Dutzend Männer in grauen Kitteln herumliefen, deren aufgenähte, schwarze Blenden ihre Kleidung wie Uniformen aussehen ließen. Georg hielt mit einem Ruck.

Ein dicker Aufseher mit hervorstehenden Zähnen, der eine gewisse Ähnlichkeit mit einem überdimensionalen Nager aufwies, stand aufmerksam beobachtend an der Seite des Schuppens. Mehrere mit prallen Säcken beladene Pferdewagen warteten auf ihren Abtransport. Alles ließ auf Wohlhabenheit und Ordnungssinn schließen.

»Fremde!«, knurrte Georg. »Zum Teufel!« Er sprang vom Wagen, schlang die Zügel um einen dafür vorgesehenen, hölzernen Pfahl und eilte dann, ohne auf Dölner zu warten, ins Haus. Dabei stieß er einen kleinen Jungen mit spitzen Gesichtszügen, der, die schmalen, knochigen Schultern hochgezogen, in einer zerlumpten, grauen Jacke an der Wand lehnte, fast um.

Dölner musterte die am Wohnhaus angebaute, kleine Kapelle mit den unebenen Stufen und dem geschmiedeten Eisengitter vor dem Eingang und folgte Georg zögernd durch einen engen Flur in eine gemütliche, dem Mühlenrad abgelegene Stube mit farbiger Wandmalerei und einem flackernden Kaminfeuer. Nach dem ohrenbetäubenden

Klappern draußen war die Stille richtig wohltuend. Das Licht fiel durch zwei schmale Fenster auf mehrere kunstvoll genähte Flickenteppiche auf dem Boden.

Eine große, blonde Frau um die Fünfzig saß über ein hohes Schreibpult gebeugt und schrieb Zahlen in ein Buch mit einem schwarzen Deckel. Sie sah auf, als sie eintraten. »Georg, du bist zurück?« Sie erhob sich. »Das ist wirklich erfreulich. Sie sagten, du kämst erst nächste Woche. Und besser siehst du aus. Aber das letzte Mal sahen wir alle nicht gut aus.«

»Du hast dich auch erholt, Lissy. Es nützt wohl nichts!« Thillen reichte ihr die Hand. »Der Herr hier ist der Beauftragte aus Wien. Er will sich bei den Leuten in der Gegend umsehen.« Er sah sie fest an.

Die Müllerin nickte. Sie legte den Federkiel nieder, musterte Dölner kurz, stand auf und knickste. Dann schob sie Dölner einen Stuhl hin. Ihre Hand zitterte etwas. »Georg, ruf Mariechen. Sie soll ein Bier bringen oder eine Milch. Der Herr Agent muss fürlieb nehmen. Wir sind einfache Leute.«

»Zu gütig, Frau Müllerin, ich habe ausreichend gefrühstückt.«

Das Zittern der Frau schien eine ganz normale Reaktion. Sie wollte wohl nicht an das Schreckliche erinnert werden. Der Spuk, der sie verfolgte, hätte sicher so manchen zerstört. Aber sie hatte sich wohl eine gewisse Zuversichtlichkeit bewahrt. Die Schuldgefühle, die er überall suchte, waren gewiss vorhanden, sagten ihm hier aber nichts, was er nicht schon wusste.

Dölner betrachtete die gebohnerten Dielen, die Zinnteller in den Borden, die Krüge, ebenfalls aus Zinn, auf den Regalen, Alles ließ auf ein wohlhabendes, gepflegtes Haus schließen. Die Wandmalerei stellte Biblische Szenen aus dem Leben Jesu dar. Jesus hatte angenehme, freundliche Züge.

Er räusperte sich: »Es ist nicht meine Absicht der Müllerin zusätzlichen Kummer zu bereiten. Aber alles, was wir jetzt in Erfahrung bringen, könnte uns weiterbringen. Die Müllerin scheint eine gute Beobachtungsgabe zu besitzen. Sicher versteht sie unser Bestreben nach Aufklärung?« Er sah die Frau forschend an.

Sie nickte und zupfte an den Bändern ihrer gestärkten, blauen Haube.

Umständlich rutschte der Hofrat auf seinem Stuhl hin und her. Mit Bert würde er also beginnen, dem Müllersohn, der seit dem Schneesturm am Jahresanfang vermisst wurde und den man im Frühsommer in einer nahen Schlucht gefunden hatte.

Er räusperte sich. »Hatte ... Bert, bevor er verschwand, sich verändert? War er über etwas beunruhigt? Man hat mir Derartiges berichtet.«

»Wieso? Oh doch, das war er. Sie wollen es mir ausreden, aber Bert war schon längere Zeit verunsichert.« Sie zögerte und warf Georg einen Blick zu.

»Muss der Herr Kommissär das fragen? Die arme Frau.« Georg war vor Zorn errötet.

Die Müllerin wehrte ab. »Lass nur, Georg! Es stimmt schon! Bert war tatsächlich Wochen vor seinem Verschwinden nicht er selbst. Er grübelte den ganzen Tag, hatte seinen Appetit verloren. Sein Vater ärgerte sich über seine Zerstreutheit.« Sie nickte nachdenklich. »Es muss etwas vorgefallen sein. Dabei hatte der Abt ihm gerade eine besonders ehrenvolle Aufgabe übertragen. Die Osterfeiern zu organisieren! Die Prozession, die Choräle, all das ...« Sie setzte sich wieder, noch immer in der Vergangenheit gefangen. Dölner unterbrach sie nicht. Schon vor seiner Befragung musste sie sich ihre Gedanken gemacht haben.

Die Müllerin wandte sich wieder an den Agenten. »Damals vermuteten wir, an seiner unglücklichen Miene sei vielleicht eine sentimentale Ursache schuld. Bert habe sich in ein Mädchen verguckt, in eine, die uns nicht passen würde. Eine wie die Tilly. Es konnte auch sein ...« Sie sah zu Georg hin. »Du hattest diese verantwortungsvolle Stellung in der Hauptstadt, und wir dachten, möglicherweise sei er auf deinen neuen Umgang neidisch. Fachkundige Vorgesetzte, Rechtsgelehrte, feine Kleidung ... Ein Angestellter des Seigneurs zu sein ist ein interessanterer Beruf als Müller. Obwohl ...« Sie warf Dölner einen Blick zu. »Georg wurde bei Orval überfallen und schwer verletzt. Eine Bande von Wegelagerern, die sich da herumtrieb, um einen Kumpan vom Henker zu befreien! Sie wurden später ebenfalls hingerichtet. Aber Georg hat noch immer Schmerzen in seinem Bein.«

Während die Frau sprach, behielt der Kommissar Georg im Auge. Er schien im Begriff zu sein etwas zu sagen, überlegte es sich aber anders. Er wirkte nur etwas verlegen und schüttelte den Kopf. »Ich habe es jetzt ruhiger. Aber das andere ... Ich kann Lissy beruhigen. Bert arbeitete gern in der Mühle. Er verstand nicht, wieso ich Wochen und Monate allein in der Weltgeschichte herumreisen konnte. Diesen Mut habe er nicht, sagte er mir einmal. Er war zufrieden mit seinem Los.« Er schüttelte wieder den Kopf und sah zur Seite. »Und das, was ich tat, hätte er nie tun wollen!«

Berts Mutter wandte sich an ihren Gast. »Bert war Georgs bester Freund! Sie waren wie zwei Ritter in Leinenrüstung, heckten immer Streiche aus. Bert war der Kraftmensch; Georg der Kopf! So ein aufgeweckter Junge war Georg! Immer der Anführer! Anders als Bert war er ziemlich wild! Wenn er nicht gerade die Dorfjungen verhaute, weil sie Tereses Zöpfe zogen, versuchte er sein karges Taschengeld durch Gelegenheitsarbeiten aufzubessern. Alle sagten, mit einem hochrangigen Vater hätte er eine große Zukunft vor sich.« Sie setzte etwas geniert hinzu: »Aber das hast du auch. Aber früher hättet ihr bei Kreuzzügen mitgemacht – Sarazenen und Muslimen den Kopf abgehackt! Ihr wolltet die Armen und Schwachen mit eurem Schwert beschützen. Was Bert uns nicht alles erzählte!«

»Schon gut, Lissy.« Georg war zu einer blau bemalten Kommode am Fenster gegangen und rückte behutsam eine fein mit Petit Point gestickte Decke, die unter einem Silberleuchter lag, zurecht. Sacht fuhr er über die Nähte. Er schloss die Augen.

Die Müllerin stieß einen Seufzer aus. Sie hob die Augen nicht von ihrem schwarzen Rechnungsbuch. »Niemand kennt die Hintergründe unseres Dorfes so wie du. Bei seinen Nachforschungen, kannst du dem Herrn eine gute Hilfe sein.« Georg zuckte mit den Schultern. Die Frau schloss das Buch und fuhr fort. »Wenn ihr den Müller sprechen wollt, müsst ihr wiederkommen. Er ist diese ganze Woche in Ettelbrück. Aber es wird nichts bei dem Gespräch herauskommen. Es ist besser, ihn nicht zu stören. Er schreit nur los, sobald die Rede über das Schreckliche geht.«

Georg ging auf die Tür zu. »Wiederkommen werden wir nicht. Aber ein Knecht kann mir helfen das Korn abzuladen und in die Mühle zu schaffen. Der Müller weiß Bescheid.«

Die Müllerin wollte ihm folgen. Dölner hielt sie sanft am Arm fest. »Was sagt die Müllerin zu den anderen Opfer? Dem Gärtner?«

»Ich weiß nur, was alle wissen.« Sie warf Georg, der im Türrahmen stand, einen Blick zu. »Als ich den Gärtner zuletzt sah, war er mit dem Ernten der Rüben beschäftigt. Wie immer ließ er das Maul hängen. Das ist ja auch eine mühselige Arbeit, das Ernten der Rüben für die Schweine. Selbst wenn es die Klosterschweine sind! Na ja, da habe ich mit ihm geredet. Kann sein, dass er verärgert war. Aber er war schon eigen, wenn er seine Rückenschmerzen hatte. Weißt du noch, wie er vor zwei Jahren von einem Skandal redete? Einer schlimmen Ungerechtigkeit? Gott in seinem Zorn würde die Leute bestrafen. Niemand verstand sein Gejammer. Woher auch sollte er besser Bescheid wissen als wir?«

Georg stimmte zu. »Etwas Gescheites kam dabei ja nie heraus. Einmal wollte der Meier die Landsknechte holen, erinnere ich mich. Ihn störte die Nörgelei. Und seit Toni sich bei den Franzosen verdingt hat, ist es nur schlimmer geworden.« Er wandte sich an Dölner: »Toni ist der Sohn des Gärtners. Ich denke, Toni konnte das ewige Quengeln des Alten einfach nicht mehr ertragen.«

»Es führt zu nichts«, pflichtete die Müllerin ihm zu. »Mir kommt das Dorf nicht selten vor wie ein riesiger Krabbenkorb. An allen Ecken und Enden emsige kleine Krabbennester. Man darf nicht jede Kleinigkeit ernst nehmen, denke ich oft.« Sie schüttelte den Kopf und suchte weitere Fakten auszugraben, schien Dölners Anliegen sichtlich zu billigen.

»Aloyse ärgerte sich ständig über die Tilly. Sie wurde immer frecher und anmaßender. Man hätte glauben können, sie sei eine Herrschaftliche. In alles Mögliche steckte sie dazu ihre Nase, schnüffelte herum. Alle sagten, sie würde schlecht enden.«

»Das Mädchen beim Waschbrunnen«, erklärte Georg und sah Dölner an. Er setzte hinzu: »Pfennigfuchser wie Aloyse hassen das Getue. *An desem Poretteverein!*«

»Hm! Und dieser andere, Jeannot, was war mit ihm?«

Mit vorgeschobener Unterlippe wischte ihre Wirtin über die Stirn: »Jeannot war wütend auf seine Brüder, die in Rotterdam richtig unter die Räder gerieten. Er selbst war für seine Unflätigkeit ständig in Querelen verwickelt, wollte aber keine Galgenvögel als Verwandte.«

»Na ja, wer will das schon? Weiter ...«

»Mir fällt da nichts mehr ein. Aber heute Morgen hat der Abt einen Eilboten zu dem Meier geschickt. Ich frage mich ...?«

»Ach was! Das wäre ja ungeheuerlich! Weiter ...«

Aber die Müllerin schien alles gesagt zu haben. Sie schwieg.

Dölner sah sie an. Wusste man hier über ihn Bescheid? Dass er seine Pflichten nur noch mit Betäubungsmitteln erfüllen konnte? Dass er immer mehr zur Schwermut neigte? Oder waren die Leute hier so verzweifelt, dass es ihnen egal war? Griffen sie nach jedem Strohhalm?

Georg öffnete die Tür, und Dölner war gezwungen, ihm zu folgen, nachdem er eine weitere Honigmilch abgelehnt hatte. Die Müllerin warf sich einen Umhang über und kam ihnen nach. Draußen legte sie dem schmächtigen, kleinen Buben, der noch immer neben einem verblühten Rosenstrauch an der Mauer lehnte, eine Hand auf die Schultern.

Sie wirkte etwas verlegen. »Metti, sag deiner Mutter, ich habe ihr die ganze Flickarbeit bereitgestellt. Sag ihr auch, ich brauch die Sachen noch diese Woche. Sie soll nicht so trödeln. Und sie soll das satte Schwarz nehmen. Nicht das mit dem Grauton, auch wenn es teurer wird. Du kannst auch etwas von dem Mehlabfall haben.« Sie schauderte etwas in der kalten Luft und zog den Schal enger um die Schultern. Sie schaute zu Dölner hin. »Es gibt keinen Vater bei ihnen. Sie brauchen jeden Groschen. Mettis Mutter ist wohl etwas langsam, aber seit die Vally nicht mehr da ist ...«

Dann gab sie einem der Knechte einen kurzen Befehl. Dieser hob den Getreidesack aus dem Wagen auf seine bulligen Schultern und trug ihn in die Mühle.

Georg, dessen Gesicht wie aus Stein gemeißelt schien, trat schnell zurück, als scheue er die Berührung mit einem besonders ekelhaften Getier.

Die Müllerin winkte dem dicken Aufseher und wies auf das Kind. Es nickte und ging in die Mühle. Als der Junge zurückkam, brachte er einen Packen sowie ein Bündel mit Flickarbeiten mit und stellte sie auf den Wagen.

»Wenn es dir nicht zu viel Mühe macht, Georg, kannst du die Sachen vor Annas Hütte abstellen. Den Müller kann ich nicht fragen. Er mag Metti nicht. Er sagt immer, der Wicht solle sich nach Hause scheren. Er dulde kein unchristliches Pack.«

Georg nickte. Mit einer Handbewegung, die eher ein Befehl war, forderte er den Metti auf, in den Wagen zu springen. Der Junge sprang beherzt auf den Hintersitz und drückte sich neben das Bündel mit den Flickereien. Georg warf der zusammengekauerten, kleinen Vogelscheuche einen verbissenen Blick zu.

Dölner kletterte ebenfalls in den Wagen und zog seinen Mantel eng um sich. Wenn man es richtig bedachte, war das Kind ja zu bedauern. Eigentlich war es nicht an seiner Misere schuld. Ob der Meier oder der Abt sich darüber schon Gedanken gemacht hatten? Wenn die Leute etwas toleranter wären ... Was für eine komische Idee! Dölner versuchte sich den dummen Einfall zu verbeißen.

»Du kannst der Anna ein Schaffell dalassen, wenn du eins zu viel hast. Es wird kalt. Es braucht auch nicht ganz zu sein«, schlug die Müllerin vor.

Georg verzog den Mund, er hatte wieder diese Starrheit im Blick, die dem Kommissar schon aufgefallen war.

Georg drehte den Wagen in die Richtung, aus der sie gekommen waren, gab dem Rappen einen kurzem Hieb auf das kräftige Hinterteil. Der Junge quietschte vergnügt, als der Wagen über die gepflasterten Eingangssteine des Hofes rumpelte und das Pferd gleich darauf eine schnellere Gangart einschlug. Er schien keine Angst zu haben.

Bei der ersten Biegung schlugen sie diesmal eine andere Richtung ein. Der Pfad war schmaler, enger, die Büsche undurchdringlicher. Hecken, niedrige Sträucher ... Dölner spürte eine starke Beklommenheit und sah sich beunruhigt um. Es war nichts Ungewöhnliches zu sehen. Er hatte nur das Gefühl, die Gefahr sei näher gerückt. Er glaubte fast, sie in den letzten Stunden irgendwann gestreift zu haben. Er atmete etwas schneller.

Georg warf ihm einen spöttischen Blick zu.

Dölner riss sich zusammen und griff ein Thema auf, das ihm ebenfalls Sorgen bereitete. »Diese Unglücksfälle in

Clerf: die Brücke, die zusammenbrach, das Feuer ... Könnte es sein, dass jedes Mal kurz darauf ein Mord geschah? Ein inszenierter Unglücksfall behinderte Soldaten und Ordnungshüter bei der Verfolgung des Mörders. Das gewährte dem Täter einen ausreichenden Vorsprung. Es würde nicht schaden, den Nachweis der Dorfleute in Clerf zu den Zeiten zu überprüfen.«

Thillen biss die Zähne zusammen. »Es war Markt, Viehmarkt. Die Bauern sind auf Märkte angewiesen, um ihre Waren zu verkaufen. Jeder, der zwei Beine hat, schleppt sich auf einen Markt. Sogar in der Hauptstadt haben sie einen Markt mit Gauklern, Feuerfressern und so weiter. Die Fouer! Aber das kann ein Ausländer nicht wissen.«

»Vielleicht war der Täter auch auf den Markt angewiesen.«

»Nur weiter«, sagte Thillen zwischen zusammengebissenen Zähnen.

Dölner drehte den Kopf. »Was hat Georg eigentlich auf seiner Reise gemacht?«

Georg starrte Dölner böse an. »Gearbeitet habe ich. Ich bin kein reicher Nichtstuer. Aber es wäre besser, der Herr wäre zu Hause geblieben.«

Er gab dem Pferd einen heftigen Schlag mit der Peitsche, sodass es lospferchte und der Junge mit einem unterdrückten Laut in eine Ecke rollte.

Der Agent zog die Brauen hoch. »Ich wusste nicht, dass der Leibhaftige hinter uns ist! Apropos ... ist Georg ein Steuerbeamter? Ein Pferdehändler?« Ein Geheimer vielleicht, den man auf diese Vorkommnisse angesetzt hat? Fragend sah Dölner Thillen an.

»Können Sie einen Krämer nicht von einem Delegierten unterscheiden?«

Es war eine dumme Antwort, auch wenn der Delegierte auf etwas hindeutete. Dölner wünschte jetzt wirklich, er wäre zu Hause geblieben. Die Obrigkeit hier wollte ihn nur benutzen, und die Leute lehnten seine Hilfe ab. Und dann dieser Raunzer hier! Es war schier unmöglich, ein vernünftiges Gespräch mit ihm zu führen. Der charismatische Georg war zweifellos ein Knurrhahn! Irgendwo aber, in einem verschlungenen Teil ihres Wesens, bestand zwischen dem Kommissär und dem halsstarrigen, jungen Aufrührer eine Seelenverwandtschaft.

Ob Tereses Bruder bloß ein Mistkerl war oder, wie er fast vermutete, jemand, der seine Illusionen verloren hatte und seine Wunden hinter schlechter Laune versteckte? Die körperlichen Schäden, die man ihm zugefügt hatte, mussten jedenfalls auch seelische Spuren hinterlassen haben.

## 15. Kapitel

*Sie brauchten nur dem Flug der Krähen zu folgen, um auf die Opfer zu stoßen. Er hatte Tereses Anweisungen befolgt. Er hatte sie kaum umgeändert. Ihr Ziel war nun auch sein Ziel. Es sollte alles aufgedeckt werden. Kein Unschuldiger sollte durch falsche Verdächtigungen zu leiden haben.*

*Den Gärtner hatte er in ein Tuch drapiert, gleich nachdem er ihn gefunden hatte. Als er seine Rache an Florentius genommen hatte, hatte er beschlossen, ihn ebenfalls aufzubahren. Nicht weit entfernt vom Gärtner. Somit wurden die beiden letzten Opfer miteinander in Verbindung gebracht – und doch unverkennbar gezeichnet, durch das, was sie trennte.*

*Er hatte Florentius Vallys Gebetbuch in die Hand gedrückt. Es war Zeit, dass das Dorf verstand, um was es ging. Der Kommissar sollte verstehen.*

*Er warf Dölner einen kleinen Seitenblick zu. Der Kommissar würde verstehen, aber begreifen würde er nicht. Das konnte niemand.*

* * *

Das frostige Wetter passte zu der Landschaft. Niederdrückend, schwermütig. In der Mitte des Waldweges gabelte sich der Pfad.

Zwischen den Böschungen in einer Schneise führte ein ausgetretener Pfad zu einer verfallenen Hütte mit einem Strohdach. Ein dünner Rauchfaden kam aus dem Kamin, und der Geruch von verkohltem Holz kitzelte Dölner in der Nase.

»Clemy«, sagte Metti gewichtig. »Nur Frauenzimmer suchen sie auf. Deshalb wohnt sie am Waldrand. Meine Mutter sagt, sie verdient viel Geld.«

»Das wird ihr nichts helfen, wenn sie am Galgen baumelt«, verkündete Georg säuerlich.

Der Junge kratzte sich am Kopf.

Thillen rückte zur Seite und runzelte die Stirn. »Metti, sag deiner Mutter, sie soll den Kamm und die Seife nehmen. Ich hab keine Lust, mir was einzufangen. Die Kinder hier haben alle Läuse«, setzte er erklärend hinzu. »Kleines unnützes Krappzeug!«

Metti zog die Schultern ein.

Sie kamen an eine von Felsen umrandete Lichtung, in der ein mit dichtem Efeu umrankter, baufälliger Turm stand. Georg, der Dölners neugierigen Blick sah, meinte: »Hier wohnte vor Jahren mal ein Verwandter der alten Meierin, der Mutter unseres Postmeisters. Er soll verrückt geworden sein, ertrug keine Menschen mehr. Manche behaupteten allerdings, er sei auf der Flucht gewesen vor dem heiligen Offizium, das zu der Zeit gerade gründliche Säuberungsaktionen vornahm. Der Mann war so etwas wie ein Erfinder. Bastelte alles mögliche Zeug. An der Tür hatte er zylinderförmige Rohre installiert, durch die der Wind blies und die sich bei heftigem Sturm anhörten wie die wilde Jagd. Sie jagten den Menschen hier eine Heidenangst ein, sodass sie, wie wohl beabsichtigt, den Mann in Ruhe ließen. Noch heute steht der Turm leer, weil niemand sich in seine Nähe traut.«

Der Hofrat nickte nachdenklich.

Der Wagen rumpelte gefährlich über den unebenen Weg und schwankte bedrohlich – trotz seiner ausgezeichneten

Bauart. Hundert Meter weiter drehten ein paar Krähen über einer Baumkrone und stießen raue Schreie aus.

Dölner sah beunruhigt um sich. Thillen hielt an. Er hieß seinen kleinen Fahrgast neben einem von grünem Moos bewachsenen Stein, über den jemand einen frischen Laubkranz geschlungen hatte, aussteigen. Metti betrachtete das Ganze anscheinend mehr und mehr als Abenteuer, wuselte herum und stieß spitze Schreie aus, die an das Miauen einer Katze erinnerten. Sein Atem bildete kleine Nebelwölkchen, und sein Geschrei wetteiferte mit dem Gekrächze der Vögel. Die Männer beobachteten ihn, und er trat an den Wagen zurück.

»Hier lag Bert, als man ihn fand. Neben dem Stein. Die Vögel wissen so was.« Metti wies nach oben. Georg sah ihn strafend an.

Eine Krähe stelzte vor ihnen auf und ab, hackte gelegentlich nach einer Wildtaube mit einem gespreizten, grauen Federschmuck auf dem Kopf, die am Boden herumpickte. Nach einer Weile gesellte die Krähe sich wieder zu ihren noch immer aufgebracht kreisenden Artgenossen.

Der Kommissar schnalzte bekümmert. »Wirklich erstaunlich! Der Täuberich ähnelt auf verblüffende Art einem guten Bekannten. Derselbe Haarschmuck, das ganze Gehabe ... Wäre er nicht in seiner Zelle, mit dem Herausziehen von Zähnen beschäftigt, würde ich annehmen ...« Er gluckste etwas.

»Die Krähe scheint mir ebenfalls bekannt. Auch unverkennbar! Zweimal kann sie aber nicht am selben Ort sein.« Thillen warf Dölner einen seitlichen Blick zu.

»Ha!« Mit zusammengezogenen Brauen sah Dölner um sich. Auch Georg musterte die Umgebung. Selbst wenn man den Müllersohn hier aufgefunden hatte ...

»Es ist zu lange«, sagte Thillen nachdenklich.

Dölner nickte. Ein weites Feld von Brennnesseln, manche davon meterhoch, dehnte sich bis zum niedrigen Buschwerk am Waldesrand. Gedankenvoll, mit einem skeptischen Naserümpfen, rieb Dölner die empfindliche Haut an seinem Unterarm. An einer feuchtnassen Birke neben dem Felsen hingen ein paar letzte Blätter. Georg riss einen Grashalm aus und steckte ihn in den Mund. Erstaunt sah der Agent, wie der junge Mann dem Buben ein Zeichen gab, sich hinter den Wagen zu ducken. Das Raubein hatte doch eine weiche Seite.

Die zwei Männer gingen im Kreis bis zu dem hohen Baum, über dem die Krähen noch immer kreischten. Georg bewegte sich nervös wie ein Windhund, zertrat hie und da einen Käfer oder eine Schnecke, die gemächlich am Rand des Grases herumkroch, hielt immer wieder sein schmerzendes Bein. Mit flatternden Rockschößen stapfte Dölner hinter ihm her, den Waldrand entlang. Umgestürzte, morsche Stämme, abgestürzte Äste erschwerten ihren Weg. Am Rand des Dickichts fielen Dölner Spuren von einem großen Hund auf, der etwas belauert hatte. Ein Hund allein, weit entfernt von seinem Hof? Sehr unwahrscheinlich! Eher ein Wolf!

Ein dumpfes Gespür von Angst überfiel Dölner. Manchmal, in komplizierten Enqueten, hatte er ein schlechtes Gefühl, das sich sehr oft bewahrheitete. Diesmal hatte er ein sehr schlechtes Gefühl. Er spürte, wie eine klauenartige Hand über seine Schulter tastete und mit kalten Fingern nach ihm griff. Aber es war eine Chimäre!

Dann riss er sich zusammen und arbeitete sich mühsam durch das Unterholz, das Gestrüpp und das Wurzelwerk.

Als er etwas humpelnd in die Schatten der Silbertannen trat, kam ihm sprunghaft der Gedanke, etwas oder jemand könnte ihn im nächsten Moment niederschlagen, und ein wildes Tier würde seine Eingeweide fressen. Er gab einen fast jammernden Laut von sich. *Mumm Aneleis ...*

»Also wenn es hart auf hart kommt, ich meine, sind Sie dem gewachsen? Ich will nicht, dass Sie mir tot umfallen«, knurrte Georg genervt

Dölner schüttelte den Kopf und streckte seinen verspannten Rücken. Er hatte noch immer Mühe beim Atmen. Es gab da in seinem Kopf auch Spuren von Gedanken, die, wie Schritte auf einem ausgetretenen Pfad, eine Fährte hinterlassen hatten und immer wiederkehrten, obwohl sie keinen sicheren Hinweis enthielten. Es bedeutete, dass sein Gedächtnis etwas gespeichert hatte, das ihm entgangen war. Was konnte es sein? Es gab Namen, die immer wieder auftauchten – Minuten, manchmal Stunden später –, es gab Frösche, die man an signifikanten Stellen hingelegt hatte, er dachte an die Bänder in der Tasche eines Opfers, an inszenierte Unfälle an Markttagen, an einen Turm mit pfeifenden Geräuschen, die den Menschen Angst machten.

Dann rieb der Kommissar sein Gesicht und spürte die Bartstoppeln. Sein sonst so gepflegter Kinnbart war struppig und benötigte dringend einen Schnitt. Bei seinem Anblick hätte sein Barbier in Wien die Hände über dem Kopf zusammengeschlagen.

Sie fanden den Gärtner nicht weit entfernt vor einem Felsenspalt.

Er lag eingehüllt in seinem gelöcherten, braunen Umhang, hatte die Augen geschlossen und sah aus wie ein aufgebahrter Leichnam. Er wirkte fast friedlich. Ein älterer

Mann mit rundem Gesicht, etwas graumausig, mit einer Stupsnase.

Georg stieß einen Seufzer aus und beugte sich nach vorn. Er musterte den Ermordeten aufmerksam. »Der Gärtner wird seit einer Woche vermisst, aber so lange ist er noch nicht tot. Vielleicht einen Tag oder zwei, denke ich. Er sieht aus, als habe er einen Herzanfall erlitten.«

»Er kann aber auch vom Felsen gestürzt sein. Er hat eine Verletzung am Kopf«, stellte der Kommissar fest. »Jemand hat ihn hierher gelegt und zugedeckt.«

Der Felsen hatte vorn eine abschüssige, glatte Seite und war seitlich leicht zu erklimmen. Aber warum sollte ein älterer Mann auf einen Felsen klettern? Ältere Männer hatten Arthritis, Gelenkschmerzen ... Sie kletterten nicht zum Spaß auf Felsen, die sich noch dazu in einer Einöde befanden.

Er war geflüchtet. Vor Raubtieren oder einem unerbittlichen Verfolger.

Beiläufig hob Dölner einen herumliegenden Ast auf und hielt ihn krampfhaft fest. Sein Kopf war voller Fragen, die dem bisherigen Zusammenhang völlig fern waren. Orval – ein Beruf, über den niemand reden wollte. Wie Hundespuren, die auf einen Wolf hindeuteten, verliefen einige Fährten fast parallel.

»Belanglose Dinge suchen dich immer dann heim, wenn du nicht mit ihnen rechnest«, hatte sein Instruktor aus der Akademie mit erhobenem Finger gesagt!

Die Schuldgefühle einer Dorfgemeinde bekamen nur dann einen Sinn, wenn man einen gewissen Fakt akzeptierte: Der Rächer hatte sein Urteil gefällt! Ein Richterspruch – und das Henkersbeil, das herunterfiel. Der Kommissar musste nur nach einer Schuld Ausschau halten, wusste aber nicht, was die Sünde war.

Hatte man Dölner in den Wald gelockt, damit er eine weitere Aufgabe erfüllen sollte? Sollte er Zeuge sein von etwas, das nicht vertuscht werden sollte? Trotzdem passte einiges nicht in die Geschichte!

»Warum kreisen die Vögel noch immer über dem Baum?«, fragte Thillen beunruhigt.

Sie gingen wieder zu der Fichte. Ein dichtes Gestrüpp von niederen Hecken und Sträuchern zog sich von ihren Wurzeln bis zum Waldrand und verbarg den Boden. Dölner stolperte zweimal, zweimal aber gelang es ihm, sich an einem Strang festzuhalten und wieder auf seine Füße zu ziehen.

Georg drückte einige Brombeerbüsche, deren Wurzeln sich in dem felsigen Boden verankert hatten, mit seinen Stiefeln zur Seite und stieß dann einen halblauten Fluch aus. »Hier liegt noch einer.«

Dölner bückte sich. Er musste einen Brechreiz unterdrücken, als er die Gestalt auf dem Boden unter den farbigen, dürren Blättern musterte. Das Untier hatte wieder zugeschlagen. Aber diesmal noch brutaler.

Um sein letztes Opfer zu töten, hatte der Mörder sich Zeit gelassen.

Mühsam richtet Dölner sich wieder auf. Jetzt verstand er die Panik der Dörfler.

»Dieser hier jedenfalls ist erst vor Kurzem ermordet worden. Aber auf eine besonders grausame Art, wie die anderen. Ist es ein Mönch?« Er trat zwei Schritte zurück bis an die Tanne, wo die spitzen Nadeln durch das dicke Tuch seines Mantels stachen.

Thillen scharrte das Laub vom Kopf des Toten und gab einen halblauten Ton von sich. »Es ist Florentius! Der Mönch aus der Abtei!«

»Gott im Himmel!« Dölner gab ein Stöhnen von sich. Der Mönch, der die Kinder aus dem Dorf unterrichtete, die Beichten abhielt, sich um alles kümmerte, allem hinterher schnüffelte ... Er hatte wirklich eine lange Nase, stellte der Kommissar ziemlich ungereimt fest. Er spürte, wie Übelkeit in seiner Kehle aufstieg.

»Ich muss dem Meier Bescheid geben«, entschied Thillen. »Das hier ist wichtig. Der Junge kommt allein nach Hause. Es ist nur ein Katzensprung. Ich stelle die Sachen an der Kreuzung ab. Seine Mutter wird sie finden.« Er warf dem Kommissar einen abwesenden Blick zu, sah starr über seine Schulter, als habe er jemanden oder etwas im Wald gesehen. Dann riss er sich zusammen, lief zu seinem Wagen und sprang hinein.

Dölner drehte sich um, suchte das Gelände ab, sah am Waldesrand aber nur die Äste einer Fichte, die sich wie lange Arme bewegten. Er spürte plötzlich ein Unwohlsein, das er zunächst der Müdigkeit zuschrieb. Erst später fiel ihm ein, dass sein Instinkt schon immer ungewöhnlich stark ausgeprägt war.

Georg drehte den Wagen und hielt vor dem Kommissar an. »Dem Gouverneur muss ich ebenfalls Bescheid geben, fahre deshalb gleich weiter. Ich glaube, der Kommissär ist im Begriff, vieles zu verstehen.« Er lächelte kurz, aber es kam eine Grimasse dabei heraus. Dann schnalzte er und gab dem Pferd einen Hieb. Dölner sah ihm stirnrunzelnd nach, als er die Lichtung verließ. Thillen drängte, als verfolge ihn ein Spuk.

Metti, der sich bis jetzt vorbildlich zurückgehalten hatte, verschwand ohne ein weiteres Wort im Waldstück.

Dann war Dölner allein. Allein mit seinen Gedanken. Er ging auf und ab. Alte Blätter raschelten unter seinen Füßen. Würden weitere Morde folgen? War das Ganze jetzt vorbei? Solange nicht die letzten Zweifel beseitigt waren, war es nicht vorbei.

Georg würde die Dorfgemeinde benachrichtigen. Der Kommissär würde sich den Forderungen des Meiers stellen müssen. Im Dorf würden wilde Vermutungen erhoben werden. Der Pöbel war schnell bei Hand mit Beschuldigungen. Die Dragoner würden die ganze Gegend unsicher machen. Wien würde von der Geschichte Wind bekommen und Aufklärung von seinem Beauftragten verlangen. Dölner musste Zeuge sein von etwas, das ihm für den Rest seines Lebens schlaflose Nächte bereiten würde. Es würde ein Albtraum werden!

Er setzte sich auf den Stein mit dem Laubkranz. »Wer bist du?«, fragte er laut. Neben der Felsenhöhle sah er einen Fuchs, der ihn mit gespitzten Barthaaren beobachtete und dann blitzschnell im Wald verschwand. Flüchtig kam ihm der Gedanke an die Spuren, die er gesehen hatte. Einem Wolf ins Auge schauen zu müssen, wäre kein besonders angenehmes Gefühl.

Der Hofrat wusste nicht, ob das Ganze mit Florentius' Tod ein Ende hatte. Ob der Albtraum weitergehen würde? Dölner konnte feinfühlig sein wie eine Mimose und hellhörig wie ein Luchs. Hier begann er Zusammenhänge zu spüren, denen er sich eigentlich nicht stellen wollte.

Es könnte aber auch eine Gelegenheit werden, seinen Frieden mit den Vorwürfen zu machen, die sein Gewissen schon lange genug belasteten. Es war nicht seine Schuld, dass er als Einziger in seiner Familie überlebt hatte. Es hatte ihn nur ständig belastet, dass er seine Schuld an der Gesellschaft nicht beglichen hatte. Die Gelegenheit dazu war da gewesen, aber er hatte sie nie ergriffen. Hier konnte er endlich Gerechtigkeit üben. Damit käme endlich auch etwas Gutes bei der Geschichte heraus.

* * *

Plötzlich ein Geräusch! Zwischen den Bäumen tauchte ein Wagen auf, bespannt mit einem jener kräftigen, braunen Bauernpferde, die in der Gegend üblich waren. Dölner sah sich nach dem Ast um und tastete gleichzeitig nach dem Griff seines Messers. Der Meier? Krampfhaft, aber etwas unlogisch, überlegte er, wie er dem Meier die Tatsache erklären sollte, wieso er hier, und nicht wie angegeben, bei seinem kirchlichen Beistand war. Aber der Fahrer war nicht der Meier, sondern die Frau vom Waschbrunnen, die Mutter vom Schmied, wie er annahm.

Sie sprang vom Wagen, warf die Zügel über den Hals des Tieres. Ihr graues Haar hing in Strähnen unter der schwarzen Haube hervor. Sie atmete stoßweise. »Wo ist er? Ich will ihn sehen!«

Das Pferd war ruhig stehen geblieben. Dölner wies auf den Unglücksort, wo der Gärtner lag.

Sie starrte Dölner an, kniete nieder und zog den schmutzigen Umhang fast ängstlich zur Seite. Sie sah hoch. »Es ist Martin, der Gärtner. Er muss gestürzt sein«, stellte sie dann fest. »Er ist nicht ermordet worden, Gott sei Dank.«

Sie blickten sich an. Es war eine gespenstische Szene, mit dem Toten auf dem blätterbedeckten Boden, den Krähen in der Luft und in der Kulisse ... Ein Blutstropfen perlte vom Mund der Frau. Unter einem beherrschten Äußeren musste sie ein ziemlich heftiges Temperament verbergen, obwohl es ihr sicher meist gelang, ihre Gefühle im Zaum zu halten.

Ein neuer Laut ließ sie zusammenzucken. Diesmal war der Störenfried ein Reiter, eine Reiterin. Es war das junge Mädchen vom Waschbrunnen, das jetzt auftauchte. Die Tilly! Sie trug ein buntes Kopftuch aus Seide mit einem Rosenmuster, eine dünne Leinenjacke und schien die Kälte nicht zu fühlen. Sie ließ sich von ihrem schweren, grauen Ackergaul gleiten, schlang die Zügel um den Stamm der Birke. Dann starrte sie auf das Opfer und schnappte nach Luft.

»Das ist ja Martin! Das versteh ich nicht. Der hatte doch nichts damit zu tun.«

Womit? Womit hatte er nichts zu tun? Ein Teil der Bevölkerung schien zu wissen, was das Problem war. Die anderen wollten diese Möglichkeit nicht akzeptieren. Sogar Dölner, der der Wahrheit immer näher kam, widersetzte sich der Aufklärung. Weil es einfach unerträglich wäre? Vieles, was er herausgefunden hatte, widersprach sich auch.

»Womit hatte er nichts zu tun, Tilly? Denkt sie nicht, dass es an der Zeit ist, mit der Wahrheit herauszurücken! Unter den Tannen liegt auch Florentius, der Mönch! Und der ist wie die anderen ermordet worden. Wäre dieser Mord verständlicher?«, sagte der Kommissär brutal.

Die Schmiedin erhob sich. »Ich muss nach Hause. Ich verkrafte das nicht.« Sie lief zu ihrem Gefährt, wobei sie immer wieder stolperte.

Dölner wusste nicht, ob er sie zurückhalten sollte. Er sah mit gemischten Gefühlen, wie der Karren rumpelnd hinter den Bäumen verschwand.

Tilly ging langsam zu der Stelle, wo der Mönch lag. Ohne eine Regung zu zeigen, blickte sie auf die Leiche. »Florentius? Ja sicher, Florentius!«, sagte sie.

»Wieso? Was meint sie?«

»Er hält ihr Gesangbuch in der Hand. Warum eigentlich?«, sagte sie dann grübelnd.

Erst jetzt merkte Dölner, dass der Mönch ein kleines Heft mit hübsch verziertem Ledereinband in den Fingern hielt.

»Ein Gesangbuch? Wem gehörte es?«

Sie antwortete nicht.

»Wem? Tilly!«

Tilly biss die Zähne zusammen. »Es ist alles wegen dieser Hure!«, sagte sie dann.

»Die Anna ist keine Hure«, sagte der Kommissär streng.

»Ich rede nicht von der Anna, diesem armen Luder.«

»Terese doch nicht!«, stammelte Dölner

»Ich meinte dieses Stück Dreck, die Vally!«

Der Agent hatte den Namen schon öfters gehört, konnte ihn aber nicht gleich unterbringen.

»Die Tochter der Schmiedin«, erklärte Tilly.

»Aber ... aber sie ist doch tot«, sagte Dölner misstrauisch. »Sie ging ins Wasser, hat man mir gesagt. Vor zwei Jahren. Sie kann ihren Bruder und die anderen nicht umgebracht haben.«

»Sie hat niemanden umgebracht, nur sich selbst und das Kind! Aber nach ihrem Tod hat alles begonnen. Die Überfälle und dann die Morde.«

»Dann ist der Weilerbauer der Mörder?« Dölner klammerte sich an seine Scheuklappen. Aber seine Beine wurden schwach und die Kniekehlen knickten ihm ein. Er setzte sich wieder auf den Gedenkstein.

»Mit dem Weiler hätte sich die Vally nie eingelassen. Eingebildet und hochnäsig wie sie war. Sie hatte ja fast einen Heiligenschein.« Tilly kicherte hämisch. »Aber ein Kind hat sie sich trotzdem andrehen lassen.«

»Warte mal, ich will sicher gehen, dass ich alles richtig verstanden habe. Warum sollte jemand wegen ihr gemordet haben? Ich kann das nicht glauben.«

»Der Herr weiß, wie die Leute sind. Sie brauchte Hilfe. Man hat über sie gelästert, hat mit Fingern auf sie gezeigt, nannte sie eine Hure. Ihre Mutter und ihr Bruder haben sie rausgeworfen. Und er war nicht da. Man sagte, er sei tot. Und dann ging sie ins Wasser.«

Der Kommissar hielt sich an einem herabhängenden Zweig fest. Die Knöchel seiner Hand waren weiß und die Nadeln stachen seine Haut. Es war der übliche Verlauf. Ein fast normales Schicksal! Waren Menschen es wert, dass man sich für sie einsetzte? Die Mängel dieser Gesellschaft kritisieren war zwar ein beliebter Zeitvertreib, sie zu beheben war weniger einfach.

»Aber wer war ihr Bursche? Sein Name?«

»Seinen Namen hat sie nie genannt! Keiner hat von ihrer Beziehung gewusst. Meine kleine Schwester und ich haben sie zufällig einmal zusammen in der Routheck gesehen. Sie waren sehr verliebt. Aber ich hatte schon immer Angst vor ihm. Im Dorf wussten wir, dass er ein äußerst unbeherrschtes Temperament hatte.« Sie sah den Kommissär an. »Als man ihren Zustand bemerkte, haben alle sie verspottet. Sie war ganz allein. Ihn hat man ja Monate vermisst. Der Mönch war der Schlimmste. Florentius. Er sprach nur von Hölle und Verdammnis. Schließlich glaubte sie ihm!«

»Niemand hat ihr geholfen? Seine Familie?«

»Seine Familie ahnte von nichts. Vally hat kein Wort gesagt.«

»Und Terese?«

»Auch sie wusste es nicht. Niemand wusste etwas mit Sicherheit. Ich habe auch über sie gelästert ...« Tilly stockte, schien allen Mut zusammennehmen zu müssen, atmete einmal tief durch, fuhr dann fort: »Aus Feigheit. Aus reiner Feigheit habe ich auch gelästert. Alle hätten sonst nur über mich geredet. Und deshalb habe ich jetzt Angst. Die ganze Zeit über hatte ich Angst. Ich glaubte nicht, dass er es nur bei den Burschen bewenden lassen würde. Ich hatte Angst um mein Leben! Die Leute haben ihm alles erzählt. Dass Aloyse, mein Bruder, den Zorn Gottes auf sie herab rief. Dass der alte Kesselflicker sie Hure beschimpft hat. Nachts randalierte Jeannot vor ihrem Fenster. Klaus, dieser Widerling, spuckte sie an. Nur die Müllerin und Bert wollten ihr helfen, aber der Alte ließ es nicht zu. Und die Terese, obwohl sie die Zusammenhänge nicht kannte. Aber sie versucht immer jedem zu helfen. Vally sah sie nur an und sagte kein Wort.«

»Gott im Himmel!«

»Man hat Georg alles erzählt, als er wiederkam. Ich glaube, da hat er durchgedreht. Er hatte ja diese Kopfverletzung. Nach und nach hat er das halbe Dorf umgebracht.«

»Du lieber Gott! Jemand muss ihn aufhalten, bevor er weiter mordet.«

Tilly nickte. »Er ist schlau. Gerissen wie ein Fuchs. Denkt der Herr etwa, er habe zufällig diese Route eingeschlagen? Da ist der Kommissar aber auf dem Holzweg.«

Dölner blickte finster drein. »Er führt sich auf wie ein Richter. Wieso denkt er, das Recht zu haben, Urteile zu fällen!«

Tilly raffte ihre Röcke zusammen und wollte fortlaufen.

»Warte!«, rief Dölner und fasst sie am Arm. »Wenn sie es doch gewusst hat, warum hat sie niemandem etwas gesagt? Die ganze Zeit, mein Gott!« Er schüttelte sie und hatte seine Stimme erhoben.

Das Mädchen begann zu wimmern. »Hat er Todesangst schon mal gehabt? Kennt er das, der Herr Kommissär? Die Leute, sie sind so ... man kann ja niemandem trauen. Erst jetzt, als ich hörte, dass der Herr aus Wien im Ort ist und sich umhört unter den Leuten, dachte ich, einer von außen, der kann es vielleicht richten ... Es ist so schrecklich!« Sie warf die Hände über dem Kopf zusammen.

»Rede sie weiter, Tilly, rede sie! Was war mit Bert? Bert war sein Freund! Bert war doch Georgs Freund!«

»Berts Tod war ein Unfall, denke ich. Genau wie der vom Gärtner. Aber Bert war der Einzige, der Bescheid wusste. Er hat versucht, Vally zu helfen, aber sein Vater ließ ihn nicht. Gegen seinen Vater konnte Bert sich nicht durchsetzen. Und das hat der Mörder ihm vorgeworfen. Sie hatten einen Streit, bei dem Bert zu Tode kam.«

»Was gab ihm das Recht ...? Die Tilly scheint alles zu wissen.«

»Er war der Henker! Der Scharfrichter des Gouverneurs! Die ehrbaren Leute von dem Verbrecherpack zu befreien, war seine Aufgabe. Das hat er nicht ertragen. Es hat ihn zerstört. Sogar umbringen wollte er sich.« Tilly zog ihre dünne Jacke um sich. »Als der frühere Henker mit seiner ganzen Familie der Pest zum Opfer fiel, suchte man lange nach einem geeigneten Nachfolger. Georg, der Drachentöter, der immer jeden beschützen wollte, bot sich an. Die Oberen in Clerf haben sich für ihn entschieden. Es war die schlechteste Wahl. Mit seinem Gewissen hatte man nicht gerechnet.« Tilly nahm ihr Pferd beim Zügel. »Er hat sich bemüht. Und dann ist er überfallen worden. Er war schwer verletzt. Alle glaubten, er sei tot. Lange Zeit bangte man um sein Leben. Fast ein Jahr hat sein Bruder ihn in Orval gepflegt. Dort hat man ihm von Morden erzählt, die vor zwanzig Jahren in den Wäldern der Gegend verübt wurden. Er hat das, so sehe ich, als einen Wink des Schicksals aufgefasst. Wenn er schon der Henker war, sollten die wahren Schuldigen bestraft werden. Mich wird er auch umbringen, wenn er mich erwischt. Ich muss weg.«

Vergebens versuchte der Kommissar sie zurückzuhalten. Ohne sich noch einmal umzusehen, schwang Tilly sich auf ihr Pferd und verschwand zwischen den Bäumen,

Der Kommissar ließ sich auf den Stein fallen. Seine Beklemmung war so stark, dass seine Beine ihn nicht mehr trugen. Aber vieles Unerklärliche wurde ihm im Nachhinein klar. Das Benehmen der Dorfleute. Die Tatsache, dass sie Augen und Ohren vor der Wahrheit verschlossen. Die Sprüche des Richters in Wien. Es gab mehr als eine Ursache, dass man ihm den Koffer nicht aushändigen wollte.

Der Abt und der Gouverneur hatten geschwiegen. Sogar als sie anfingen, Zweifel zu hegen, hatten sie geschwiegen. Sie waren es gewesen, die den Henker eingesetzt hatten. Sie waren es, die die Verantwortung trugen. Georg Thillens Überzeugungen aber konnten sie nicht gutheißen.

Das verstand der Kommissar. Aber er konnte nicht sagen, dass ihn der Ausgang des Dramas überraschte. Er hatte schon seit einiger Zeit geahnt, dass nur solche Vorkommnisse zu diesen Morden hatten führen können. Der Gedanke, dass er den halben Tag auf Mördersuche gewesen war, und sich dabei von dem Mörder selbst hatte begleiten lassen, erfasste Besitz von ihm, und Dölner musste sich schütteln. Das Unheimliche, das er so oft gespürt hatte, es war direkt neben ihm gewesen.

## 16. Kapitel

*Georg warf seine besten Sachen in das Bündel. Den Degen, den man ihm in Prag in einem düsteren Waffengeschäft in einer schmalen Gasse nach vielem Schachern und Feilschen verkauft hatte, legte er obenauf. Er hatte das Modell aus dem alten Waffenbuch seines Onkels gleich wiedererkannt.*

*Der Kommissar aus Wien musste jetzt verstanden haben. Durch seine Flucht hatte Georg praktisch ein Geständnis abgelegt. Er hatte auch gezeigt, dass er sich nicht stellen würde.*

*Es würde offizielle Untersuchungen geben. Es würde eskalieren. Ihm drohte hier der Galgen, aber er würde sich nicht ausliefern. Dieser Dölner würde allerdings nie lockerlassen. Er war hartnäckig wie eine Bulldogge.*

*Georg hatte keine Ahnung, ob er selbst mit dem, was geschehen war, zurechtkommen würde. Seiner Schuld war er sich wohl bewusst. Er wusste aber nicht, ob er hätte anders handeln können.*

*Seine Vally hatte er so oder so verloren. Vergessen würde er sie nie.*

*Er kniete nieder, tastete vorsichtig in seiner Truhe nach ganz unten, bis er gefunden hatte, was er suchte. Behutsam zog er ein Halstuch mit einer kunstvollen, kleinen Stickerei an der Borte hervor. Es zeigte einen grauen Wolf mit aufgestellten Ohren und braunen, lustig schielenden Augen. Er legte es zuoberst in den Leinensack..*

*Er sah prüfend in den Himmel, wo noch immer einige Krähen drehten. Vielleicht waren es schon andere? Dann schloss er den Sack.*

* * *

»Orval?«, fragte Ireneusz und rückte den noch immer nicht ausgepackten Koffer des Kommissars zur Seite.

»In Orval gab es vor zwanzig oder dreißig Jahren eine Reihe von Morden. Die Opfer waren alles junge Männer. Sie schienen wahllos ausgewählt. Die Polizei suchte fieberhaft nach dem Schuldigen. Dann wurden die Ermittlungen plötzlich eingestellt. Die Richter behaupteten, einer der Ermordeten sei ein Dieb gewesen. Dass man ihn umgebracht habe, sei die gerechte Strafe für seine Sünden gewesen. Den Mörder hat man nie gefasst, und man hat auch nicht mehr nach ihm gesucht. Aber der Spuk war dann vorbei. Das gibt einem zu denken, wie?«

»Vor zwanzig Jahren?« Dölner sah sich in seinem kleinen Zimmer um.

»Natürlich haben die Leute viel geredet und auch Vermutungen angestellt. Es gibt überall Hetzer.«

Dölner wusste, dass der Mörder von Orval nicht der Täter von hier sein konnte. Aber seine Handlungen hatten Georg Thillen dazu getrieben, seinen Rachefeldzug auf dieselbe Art auszuführen. Und jetzt, nachdem Dölner die Zusammenhänge sah, wusste er auch, dass man des Täters nicht mehr habhaft werden würde. Georg war schlau. Dölner hatte sofort nach den Beamten geschickt. Den Georg Thillen aber hatte niemand mehr gesehen. Sofort entstanden die ersten Gerüchte um das mysteriöse Verschwinden. Es wurde behauptet, er habe sich selbst mit seinem Degen gerichtet. Die Überfälle jedenfalls, das wusste der Hofrat Dölner genau, die Überfälle würden jetzt, nach dem Mord an Florentius, für immer aufhören. Georg hatte seine Rache bekommen.

Der Kommissar rüstete sich für seine Rückreise. Plötzlich waren motorische Fähigkeiten, die ihm lange gefehlt hatten, zurückgekehrt, als habe das Drama der letzten Tage seine betäubten Sinne wiederbelebt.

Nachdem er ihm seinen üblen Zahn gezogen hatte, ohne die Mumia, aber mit einer Tinktur, die Dölner wieder in ferne Regionen schweben ließ, hatte Ireneusz den Kommissär mit mehreren kleinen Phiolen und mit vielen guten Ratschlägen auf Latein versorgt.

Der Meier, ein kleiner rundlicher Mann mit verkniffenem Mund, hatte dem kaiserlichen Bevollmächtigten einen versiegelten Brief überreicht.

»Ein Eilbote aus Wien hat das gebracht! Die Mission ist annulliert worden. Man will, dass der Herr umgehend zurückkehrt. Es ist ein Befehl. In Wien ermittelt man gegen einen Mörder aus der Bourgeoisie. Der versiegelte Umschlag enthält weitere Einzelheiten.« Er sah Dölner an, der mit zusammengezogenen Brauen auf den Brief starrte. »Es kommt sehr ungelegen, muss ich sagen. Der Kommissar könnte uns hier von Nutzen sein, jetzt, wo er alles weiß. Es gibt noch viel zu regeln, und alles muss sehr diskret abgewickelt werden. Der Herr Kommissär versteht, was ich meine. Dass Euer Ehren die Terese und den jungen Künstler mitnehmen will, ist wohl nicht sein Ernst? Der Jan hat noch seine Schuld abzuzahlen, und auch die Terese muss sich den Fragen im Dorf stellen. Die Bräuche!«

»*Male sit tibi!* Die beiden begleiten mich. Und die Kutsche brauch ich sofort! Das ist auch ein Befehl! *Homo nebulo!*«

ENDE

KBV-HISTORISCH

Frank Domeier
Ehrbare Händler
Taschenbuch, 311 Seiten
ISBN 978-3-940077-31-8
9,90 EURO

Der geachtete Händler Bode wird erhängt aufgefunden. Aber war es wirklich Selbstmord?
Die Familie und die Gilde der Mindener Händler widersprechen mit aller Vehemenz. Solch einen schändlichen und unehrenhaften Tod können und wollen sie nicht akzeptieren.
Andere sprechen von hinterhältigem Mord. Die Rede ist von Vergeltung wegen geplatzter Geschäfte und von enttäuschten Kaufleuten in den großen Hansestädten.
Und immer wieder taucht die Frage auf, wie viel das Geschäft des toten Händlers nun tatsächlich wert ist. Sind die Schulden wahrhaftig so hoch, wie einige behaupten?
Hinter der Fassade der ehrbaren Händler wird allmählich ein Gespinst aus Neid, Habsucht und Lügen erkennbar.
Um das Rätsel zu lösen, werden auf Empfehlung des Mindener Bischofs Otto die Nonne Agnes aus dem Kloster Möllenbeck und Ludolf, der Sohn des Stiftsverwalters, gerufen. Schon einmal haben die beiden auf unkonventionelle Weise einen Kriminalfall gelöst. Wird es ihnen ein zweites Mal gelingen?

*»Die charmant erzählte Geschichte zeigt eine Welt voller Geheimnisse, aber auch skurrile Persönlichkeiten.«*
*(Heidelberg aktuell)*